Vier Freunde in geheimer Mission

Kathrin Schrocke

Vier Freunde in geheimer Mission

Mit Illustrationen von Marion Elitez

arsEdition

Bibliografische Information Der Deutschen Nationalbibliothek

Die Deutsche Nationalbibliothek verzeichnet diese Publikation
in der Deutschen Nationalbibliografie;
detaillierte bibliografische Daten sind im Internet
über http://dnb.d-nb.de abrufbar.

5 4 3 2 1 13 12 11 10

Text: Kathrin Schrocke
Titelbild und Innenillustrationen: Marion Elitez
ISBN: 978-3-7607-3642-6

www.arsedition.de

Der erste Einsatz

Bankraub mit Folgen

Der erste Einsatz

Vier Freunde

Das rote Auto schob sich knatternd durch die Birkenallee und hielt vor dem Haus mit dem weiß gestrichenen Gartenzaun an. Hinter dem Zaun stand Luzies Vater und winkte dem Gast mit einer riesigen Grillzange zu.

»Du bringst doch hoffentlich Hunger mit, Mirko!«, begrüßte er den dunkelhaarigen Jungen, der aus dem Beifahrersitz sprang. Mirko lief, seinen Schlafsack über der Schulter, auf das Gartentor zu und schob es auf. Als er den Kiesweg zum Haus betrat, wäre er fast gestolpert. Erschrocken ließ er den Schlafsack fallen und bückte sich, um ihn wieder aufzuheben.

»Nicht so schnell, Sportsfreund!«, sagte Luzies Vater und lächelte Mirko an. Verlegen lächelte Mirko zurück.

»Wo ist denn Luzie?«, fragte er und sah sich im Garten nach seiner Freundin um.

Der Tisch war gedeckt, und ein Geburtstagskuchen mit einer dicken Zuckerschicht wartete darauf, bis auf den letzten Krümel verputzt zu werden.

»Noch in ihrem Zimmer!« Ihr Vater wendete ein Würstchen, das ziemlich verkohlt aussah. Er betrachtete das schwarze Ding, als wäre es eben vom Himmel gefallen, seufzte dann und schob es zur Seite.

Mirko ging ins Haus und lief die Treppe nach oben. Luzies Zimmertür war angelehnt.

»Alles Gute zum Geburtstag!«, sagte er und hielt sein Geschenk in die Höhe. Kleine rosa Herzen waren auf dem Geschenkpapier aufgedruckt und verlegen ließ er den Arm wieder sinken.

Luzie drehte sich auf ihrem Stuhl um. Sie saß am Schreibtisch, ein Poesiealbum vor der Nase. Vorwurfsvoll zeigte sie mit ihrem Füller auf Mirko.

»Mir fällt einfach nichts ein!«, sagte sie und sah ihren Freund so verzweifelt an, als wäre das Album auf dem Tisch eine tickende Bombe. Das Poesiealbum gehörte ihrer Freundin Eule, die ebenfalls gleich eintreffen musste.

»Schreib doch was ab, das schon jemand anders eingetragen hat!«, schlug Mirko vor.

Dann ging er zum Fenster hinüber. Er fasste in seine Hosentasche und zog ein gefaltetes Heftchen heraus. Luzie konnte die zerknitterte Brust von Superman erkennen. Mirko verschlang diese Comics regelrecht. Vielleicht lag es daran, dass er ziemlich unsportlich war und sich heimlich wünschte, selbst durch die Lüfte zu fliegen.

Energisch klappte Luzie das Album zu und stopfte es ganz nach hinten in die Schublade. Sie würde sich eben ein anderes Mal darum kümmern.

Vor dem Haus ertönte eine Fahrradklingel. Luzie stand auf und stellte sich neben Mirko ans Fenster. Draußen stieg Eule von ihrem Klapprad ab. Sie trug ihre Lieblingslatzhose und ihr Haar hatte sie zu einem langen Zopf zusammengebunden. Als sie das Fahrrad abgeschlossen hatte, guckte sie hoch zu Luzies Zimmerfenster. Die Sonne spiegelte sich in ihren Brillengläsern, und für einen Moment sah es so aus, als würden Eules Augen glühen.

Da trat Tobi ins Zimmer.

»He, gleich kann die Kinderparty beginnen!«, sagte er mit einem gemeinen Unterton und baute sich vor Luzie und Mirko auf.

Riesig und breit stand er da und seine stechenden Augen fixierten die beiden von oben herab. Mirko schluckte. Tobi war Luzies 14-jähriger

Bruder und zudem der größte Fiesling, den man sich vorstellen konnte. Er ließ keine Gelegenheit aus, seiner Schwester und ihren Freunden das Leben schwer zu machen.

»Was wollt ihr spielen?«, knurrte Tobi jetzt und fuhr sich mit der Hand über seine stoppeligen Haare. »Topfschlagen oder doch lieber Blindekuh?« Er ließ seine Fingerknöchel knacken. »Bei Blindekuh fällt mir ein: Eure brillengesichtige Freundin ist eben angekommen!«

Eule hatte den ersten Stock erreicht und schob sich an Tobi vorbei, der wie ein entlaufener Gorilla im Türrahmen stand.

»Achtung, Teppichfalte!«, schrie er, als Eule über den Teppich lief. »Fall nicht aus dem Fenster!«, rief er, als das Mädchen seine beiden Freunde erreicht hatte.

Eule tippte sich an die Stirn. »Dein Bruder ist echt ein Idiot!«, sagte sie zu Luzie und drückte ihr ein Geschenk in die Hand.

»Das finde ich auch!«, ertönte es von der Tür und Jakob betrat den Raum. Auch er quetschte sich einfach an Tobi vorbei und streckte Luzie einen Blumenstrauß entgegen. Er grinste so breit, dass die Sommersprossen in seinem Gesicht hüpften.

»Verliebt, verlobt, verheiratet!«, zischte Tobi gehässig. Luzie wurde rot, aber Jakob ließ sich nicht ärgern. Er hatte keine Angst vor Tobi. Genau genommen hatte Jakob vor fast nichts Angst.

»Tobi wächst einfach zu schnell!«, sagte er zu den anderen. »Sein Kopf kommt bei der Geschwindigkeit nicht nach! Er ist nicht gemein, sondern dumm. Und mit dummen Menschen muss man Mitleid haben.«

Eule musste lachen. Tobi überragte seine Schwester Luzie tatsächlich um einen halben Meter und sah aus wie ein übergewichtiges Riesenbaby. Ein Riesenbaby mit ziemlich vielen roten Pickeln auf der Stirn.

Offenbar hatte Jakob einen wunden Punkt getroffen. Tobi klappte den Mund zu, ging wortlos nach draußen und schlug die Zimmertür krachend hinter sich ins Schloss.

»Und jetzt?«, fragte Jakob tatendurstig.

»Jetzt bauen wir erst mal das Zelt im Garten auf«, entschied Luzie. Es war eine Tradition, dass die vier Freunde jedes Jahr an ihrem Geburtstag im Garten zelteten.

»Das Zelt lag doch nicht etwa wieder den ganzen Winter über bei euch im Keller?«, fragte Eule.

»Leider schon!«, antwortete Luzie.

»Bestimmt riecht es schrecklich nach Moder«, meinte Jakob. »Und sicherlich leben fünfzehn Spinnenfamilien, drei Kellerasseln und ein Riesentausendfüßler mit Käsefüßen darin.«

Schon wieder fing Eule an zu kichern. Die drei anderen fielen in das Gelächter mit ein. Noch konnten sie nicht ahnen, dass ihr Kichern bald einem stummen Staunen weichen würde!

Ein Licht am Waldrand

»Ich platze!«, murmelte Eule im Schlaf und drehte sich auf die andere Seite. »Erdbeertorte«, sie schmatzte. »Limonade ...« Der Traum schien kein Ende zu nehmen. Sie stieß Jakob ihren Ellenbogen ins Gesicht und der Junge schreckte hoch.

»Hast du was gesagt?«, fragte er und versuchte, in der Dunkelheit des Zeltes etwas zu erkennen. Eule war wach geworden und sah sich verwirrt um.

Luzie knipste die Taschenlampe an. Der Strahl fiel direkt auf Mirkos Gesicht. Seine Nase zuckte. Die Augenlider zitterten. Schließlich war auch er aufgewacht.

»Ist schon Morgen?«, fragte er. Luzie sah auf ihre Armbanduhr. »Nein, es ist fast Mitternacht. In fünf Minuten ist es zwölf.«

»Vielen Dank!«, sagte Jakob in Eules Richtung. »Du hast uns pünktlich zur Geisterstunde geweckt!«

Er strampelte sich aus seinem Schlafsack frei und sah in die Runde. »Wo wir schon bei Geistern sind. Habe ich euch von dem gruseligen Erlebnis meiner Mutter erzählt?«

Die anderen drei waren mit einem Schlag hellwach.

»Meine Mama musste mal um Mitternacht aufs Klo«, begann Jakob zu erzählen. Ein Flackern war in seinen Augen zu sehen und Luzie bekam jetzt schon eine Gänsehaut.

»In unserem Haus sind die Toiletten im Erdgeschoss. Meine Mama lief also barfuß die Treppe runter. Tock, Tock, Tock.«

»Was soll denn Tock, Tock, Tock bedeuten?«, fragte Eule und riss eine Tüte Paprikachips auf. Sie stopfte sich drei Chips auf einmal in den Mund und reichte die Tüte an Luzie weiter.

»Na, ihre einsamen Schritte die Treppe hinunter. Das Licht war ausgefallen, also tastete sie sich im Dunkeln hinab«, erklärte Jakob. Seine Stimme war zu einem Flüstern geworden.

»Schließlich war Mama unten angekommen.

Sie griff nach dem Türknauf. Aber stellt euch vor ...«, er schwieg und man konnte nur das Geraschel der Chipstüte hören.

»Die Tür war abgeschlossen. Obwohl wir anderen doch alle oben lagen!«

»Quatsch!«, unterbrach Mirko ihn und lachte unsicher.

»Es kommt noch unheimlicher«, fuhr Jakob mit Grabesstimme fort. »Denn erst dachte meine Mama, die Tür würde klemmen. Also stemmte sie sich mit voller Kraft dagegen. Da plötzlich passierte es ...«

Gespannt starrten Eule, Mirko und Luzie ihn an. Keiner sagte ein Wort. Es war gespenstisch still im Zelt geworden. In dem Moment schlug die Kirchturmuhr Mitternacht.

Ding. Dong. Ding. Dong. Ding. Dong.

Die Schläge schienen eine Ewigkeit zu dauern. Draußen war ein leichter Wind aufgekommen, der an der Plane am Eingang rüttelte.

Jakob wartete, bis das letzte Glockenläuten in der Nacht verklungen war. Dann knipste er ohne Vorwarnung die Taschenlampe aus und es wurde stockfinster im Zelt.

Erschrocken kreischte Luzie auf.

»Die Tür sprang auf ...«, erzählte Jakob seine Geschichte zu Ende, »... und ein Gespenst hockte auf der Kloschüssel.« Er machte eine

Pause. »Es hockte da und hatte Durchfall. Oder war es Verstopfung? Ich wusste bis dahin gar nicht, dass Geister auch mal müssen!«

Jakob fing über seine eigene Unsinnsgeschichte an zu lachen, aber keiner der anderen fiel in das Lachen mit ein.

»Das war ein Witz, Leute!«, sagte Jakob. »Reingelegt! Ist doch lustig, die Geschichte mit dem pinkelnden Gespenst!«

Luzie warf ein Kissen in Jakobs Richtung. Sie verfehlte ihn um Haaresbreite.

In dem Augenblick passierte es. Draußen setzte ein unheimliches Rauschen ein. Es hörte sich an, als ob alle Bäume gleichzeitig beschlossen hätten, ihre Wipfel zu bewegen. Irgendwo in der Ferne miaute eine Katze, und auf dem Zeltdach sah man die Schatten von Vögeln, die aufgeschreckt davonstoben. Die vier Freunde saßen stocksteif im Dunkeln und wagten nicht, sich zu bewegen.

»Was ist denn da draußen los?«, fragte Luzie ängstlich. Das Geräusch klang schauderhaft. Vielleicht schlich ihr Bruder Tobi gerade um das Zelt und wollte ihnen Angst einjagen.

Oder auch nicht ... Ein metallenes Ächzen drang durch die Nacht.

»Vielleicht Einbrecher?«, flüsterte Eule und tastete panisch nach ihrer Brille.

Jakob krabbelte zum Zelteingang. Mutig schlug er die Plane beiseite. »Ich glaube, das kommt von da drüben!«, sagte er aufgeregt und verschwand nach draußen. »Kommt mal her. Das solltet ihr euch unbedingt ansehen!«

Jakobs Stimme erklang nun vom Zaun, und die anderen drei trauten sich endlich, ihm zu folgen. Es war gruselig im Garten: Das Gras sah im Mondschein aus wie eine glitzernde Fläche. Die Rollläden der umliegenden Häuser waren heruntergezogen und die Häuserfassaden starrten feindlich zu den Kindern hinab. Anscheinend hatte niemand etwas von diesem seltsamen Geräusch bemerkt. Dicht aneinandergedrängt blieben die Freunde am Gartenzaun stehen.
Plötzlich leuchtete über dem Wald eine gewaltige grüne Flamme auf, die für einen Augenblick alles erhellte. Das eigenartige Rauschen verstärkte sich, der Boden, auf dem sie standen, bebte. Die vier Freunde schnappten nach Luft.

»Das kommt von der Fabrik«, flüsterte Luzie atemlos. »Von der unheimlichen Fabrik im Wald!«

Mirko nickte. Jeder kannte die Fabrik.

»Mein Papa sagt, die machen dort geheime Experimente«, flüsterte er. Er schirmte sein Gesicht ab. Das Licht schmerzte in den Augen.

»Vielleicht testen sie Lampen«, wisperte Luzie. »Riesige Lampen, mit denen man den Mond beleuchten kann.« Sie schluckte.

Eule hatte angefangen, vor Schreck an ihren Fingernägeln zu knabbern.

»Meint ihr, wir sollten Hilfe holen?«, fragte Mirko ängstlich.

In dem Moment erlosch der grelle Strahl. Es wurde schlagartig wieder dunkel im Garten, und nur das Geraschel eines davonhastenden Igels verriet, dass sich die vier den merkwürdigen Lichtzauber nicht eingebildet hatten.

Auch das Rauschen erstarb. Als hätte jemand einen Befehl gegeben, es abzustellen.

»Komisch«, sagte Luzie. »Bestimmt steht morgen was in der Zeitung darüber.«

Eine Weile blieben sie noch stehen und starrten in die Finsternis des Waldes hinüber. Aber sie sahen nichts außer den dunklen Schatten der Bäume.

Schließlich gingen sie zum Zelt zurück.

»Das war bestimmt bloß ein kleines Problem mit der Elektrizität«, vermutete Luzie und klang auf einmal schrecklich müde. Sie kroch in ihren Schlafsack, und bald lagen alle vier wieder warm eingemummt auf ihren Luftmatratzen.

»Seid ihr auch plötzlich so müde?«, fragte Jakob und gähnte.

»Und wie!«, antwortete Mirko. »Als hätte ich seit Tagen nicht mehr geschlafen.«

Luzie rieb sich über die Augen. Eine bleierne Müdigkeit hatte sich auf ihre Lider gelegt.

»Ist ja auch ziemlich spät«, sagte sie und tastete nach der Taschenlampe. »Wir sollten endlich schlafen.«

Das Licht war erloschen, und es dauerte keine Minute, bis die vier Freunde in einen tiefen Schlaf fielen.

Sie träumten seltsame Dinge in dieser Nacht. Und keiner von ihnen bemerkte die kleinen Lichtpunkte, die um ihre Köpfe schwirrten und erst verschwanden, als der Morgen kam.

Eine seltsame Entdeckung

Zwei Wochen nach Luzies Geburtstag begann der Unterricht wieder. Jakob, Mirko, Eule und Luzie waren gerade auf dem Weg zur Schule, als eine Hupe ertönte. Tobi raste mit einem nagelneuen Fahrrad an ihnen vorüber. Nicht nur das Rad war neu, sondern auch Tobis Jacke. Dunkelblau mit silberner Kapuze. Tobi drehte sich um, streckte ihnen die Zunge heraus und schon war er durch das Schultor verschwunden.

»Hat dein Bruder im Lotto gewonnen?«, fragte Eule und rückte ihre Brille zurecht. »Seit wann kann der sich denn so ein Rad und solche Klamotten leisten?«

Luzie schüttelte den Kopf. »Nein, alles ehrlich erarbeitet. Tobi hat doch jetzt einen Job. Drüben im Einkaufscenter. Immer freitags muss er die Regale einräumen.«

Sie hatten die Treppe erreicht, wo die Lehrerin am Eingang wartete. Frau Urmel war neu in der Schule, und keiner wusste, ob sie nett oder zum Davonlaufen war.

Im Augenblick wirkte sie eher komisch: Ihr dichtes schwarzblaues Haar war hoch auf ihrem Kopf aufgetürmt. Sie trug ein altmodisches Kleid mit einem grün-gelben Muster. Ihre Füße steckten in überdimensionalen Sandalen und sie war rund wie ...

»Wie eine Murmel!«, flüsterte Mirko ganz fasziniert. »Frau Urmel, die Murmel!«

Luzie nickte. Die Lehrerin war wirklich kugelrund. Wie ein karierter Ball mit einer komischen Perücke.

»Bestimmt hat sie schon ein paar Kinder verschluckt«, flüsterte Jakob.

»Glaube ich auch«, raunte Luzie und schwieg, als die Murmel direkt auf sie zusteuerte. Sie blieb vor Luzie stehen.

»Was gibt es denn da zu flüstern?«, fragte sie und sah Luzie aus ihren schwarz umrandeten Augen lauernd an.

Luzie errötete. »Gar nichts«, antwortete sie.

Die Murmel beugte sich zu ihr hinunter. »Ich

kann vorlaute Kinder nicht leiden«, zischte sie. »Und wenn du keinen Ärger haben willst, solltest du dich anstrengen, in diesem Schuljahr nicht besonders aufzufallen!«

Luzie nickte wortlos. Nett war die neue Lehrerin also nicht!

Es war in der dritten Stunde, als Luzie die Sache mit dem Feuer passierte. Sie hatten Mathe und saßen schweigend über ihren Aufgabenblättern. Vorsichtig reckte Luzie den Arm in die Höhe.

»Warum störst du?«, knurrte die Murmel und starrte sie an. Ihre Augen erinnerten Luzie an Katzenaugen, und sie vergaß, weshalb sie sich gemeldet hatte.

»Ich muss mal!«, fiel ihr dann wieder ein. Die Lehrerin deutete zur Tür und Luzie sprang auf und schlich in den Flur hinaus.

Aber draußen wartete der nächste Schreck, denn ausgerechnet Tobi bog um die Ecke. Er lief mit einer anderen Schülerin den Flur entlang und schleifte eine riesige Weltkarte hinter sich her.

»Ist das nicht deine kleine Schwester?«, fragte das Mädchen.

Tobi lachte spöttisch. »Ja, leider. Hast du ihre Zahnspange gesehen? An ihrer Stelle würde ich meinen Mund halten, bis sie mir das Ding wieder rausschrauben. Die Salatblätter bleiben immer zwischen den Haken hängen. Echt widerlich!«

Das Mädchen kicherte und gemeinsam verschwanden sie im Erdkunderaum.

Luzie rannte in Richtung Klo davon. Ihre Wangen brannten heiß vor Scham und gleichzeitig fühlte sie sich völlig leer. Als würde ein riesiger schwarzer Vogel auf ihrer Schulter sitzen, der alle Freude aus ihrem Inneren stahl.

Sie stellte sich vor den Spiegel am Waschbecken. Ihr eigenes Gesicht starrte sie an: hellbraunes halblanges Haar, blaue Augen und ein lustiges Grübchen im Kinn. Das Einzige, was störte, war die Zahnspange. Aber es stimmte nicht, dass darin Salatblätter hängen blieben. Das war eine ganz gemeine Lüge!

Vorsichtig öffnete Luzie den Mund, um sich die Geschichte genau anzusehen.

In diesem Moment wurde die Tür aufgestoßen und ein Mädchen kam herein. Es war Mira aus der Achten, die alle bewunderten. Mira hatte strohblondes Haar und ein Gesicht, das aussah, als wäre es aus Marzipan geformt: eine niedliche Stupsnase, lange Wimpern und einen Mund wie eine Erdbeere. Sämtliche Jungs der Schule waren verliebt in sie, und wenn Mira lachte, fingen alle an zu seufzen, so hübsch sah es aus. Bestimmt würde Mira nie eine Spange brauchen.

Als sie Luzie mit offenem Mund vor dem Spiegel sah, blieb sie stehen.

»Oje«, sagte sie und ihre getuschten Wimpern zitterten. »Diese Spange sieht echt schrecklich aus. Mit dem Ding wird dich bestimmt nie einer küssen.«

Sie verschwand in der letzten Kabine und schloss sorgfältig hinter sich ab. Dann hörte Luzie das Klicken eines Feuerzeugs und Zigarettenqualm schlängelte sich durch den Türspalt nach draußen.

Luzie starrte immer noch ihr Spiegelbild an. Zornestränen stiegen ihr in die Augen und am liebsten hätte sie vor Wut laut losgeschrien.

In dem Moment geschah es: Eine zischende rote Flamme schoss aus Luzies Mund. Der Spiegel vor ihr zersprang klirrend in tausend Stücke und das Mädchenklo war augenblicklich mit dichtem Rauch gefüllt. Mit ohrenbetäubendem Kreischen sprang der Feueralarm an.

Luzie bewegte sich nicht. Im Mund hatte sie einen brenzligen Geschmack. Ihre Lippen brannten, als hätte sie eine Chilischote gegessen.

Die Tür wurde aufgerissen und der Hausmeister stand vor ihr.

»Was ist hier los?«, rief er, stürmte an Luzie vorbei und sperrte die letzte Kabine auf. Dann zerrte er Mira heraus, die vor lauter Schreck vergessen hatte, ihre verbotene Zigarette die Toilette hinunterzuspülen.

»Rauchen im Schulhaus!«, wetterte der Hausmeister und zog Mira an der Hand hinter sich her. »Da sieht man mal, was dabei rauskommt. Das wird mächtig Ärger geben, das kann ich dir sagen!«

Die beiden waren verschwunden und Luzie schlich vorsichtig nach draußen. Sie stellte sich vor, wie Mira von der Rektorin eine Standpauke bekam. Sollte Luzie zugeben, dass sie es gewesen war? Aber diese Geschichte würde ihr doch kein Mensch glauben! Sie glaubte es ja selbst kaum. Nachdenklich ging sie ins Klassenzimmer zurück.

Später saß sie mit Jakob, Mirko und Eule auf der kleinen Mauer vor dem Schultor.

»Hat die hübsche Mira mit ihrer Zigarette wirklich das Klo zum Explodieren gebracht?«, fragte Mirko bestimmt zum zehnten Mal.

»Jetzt lasst Luzie endlich in Frieden!«, sagte Eule. »Sie steht unter Schock. Immerhin wäre sie beinahe verbrannt.«

»Auf dem Klo?«, fragte Jakob und zog eine Kaugummizigarette aus seinem Ranzen. Er tat so, als würde er sie mit einem unsichtbaren

Feuerzeug anzünden, schob sie dann aber ganz in den Mund und kaute darauf herum.

»Wenn das Klo wirklich gebrannt hätte, hätte Luzie sich mit einem Hechtsprung in die Fluten vor den Flammen retten können!«, überlegte er laut. »Einfach die Spülung drücken. Ehrlich, auf einem Mädchenklo *kann* man nicht verbrennen!«

Niemand sagte etwas und Luzie starrte immer noch ins Nichts.

»Was ist?«, fragte Jakob. »Gibt es noch etwas, das du uns erzählen willst?« Er ließ eine Kaugummiblase vor Luzies Gesicht platzen.

Luzie zuckte zusammen und schrak verwirrt aus ihren Gedanken hoch.

Nacheinander sah sie ihre Freunde an.

»Ich war das«, flüsterte sie. »Ich habe das Feuer im Klo gelegt.«

Eule nickte grinsend. »Klar. Und wie bitte soll das passiert sein?«

Luzie räusperte sich. Wenn sie mit der Zunge über ihre Zahnspange fuhr, konnte sie immer noch etwas Brenzliges schmecken.

»Ich habe auf einmal Feuer gespuckt«, sagte sie. »So wie ein Feuerschlucker. Oder ein Drache. Ich war so wütend und plötzlich ist es passiert!«

Jakob fing an zu kichern.

»Eine Feuer speiende Viertklässlerin, das ist eine echt gute Geschichte!«

Er reichte Luzie seine letzte Kaugummizigarette, hüpfte von der Mauer hinunter und schulterte seinen Schulranzen.

»Tschüs dann, bis morgen«, sagte er.

Dann war er verschwunden und ließ seine drei Freunde zurück. Luzie starrte ihm nach. Irgendetwas hatte angefangen, sich zu verändern. Und sie war sicher, dass noch mehr passieren würde.

Jakob verschwindet

Luzie lief neben Jakob die Kirchgasse hinunter. Vor dem Schaufenster des Geschenkeladens machten sie Halt.

Es war drei Tage her, seit Luzie das seltsame Erlebnis im Mädchenklo gehabt hatte, und inzwischen war sie zu dem Schluss gekommen, sich die Geschichte mit dem Feuer nur eingebildet zu haben. Wahrscheinlich war die Lampe über ihr explodiert, und es hatte im Spiegel nur so ausgesehen, als ob die Flamme aus ihrem Mund gekommen war.

Jakob riss die Tür auf und die Glocke bimmelte.

»Pünktlich auf die Minute!«, sagte Jakobs Mutter und kam hinter dem Verkaufstisch hervor. »Ich habe den Herd eben angeschaltet.«

Luzie strahlte Jakobs Mutter an. Mit den roten lockigen Haaren und dem bunten Kleid sah sie aus wie eine der Sammelpuppen, die sie in dem Geschenkeladen verkaufte. Neben den Puppen verkaufte sie auch Vasen. Am allerschönsten aber waren die Porzellanfiguren, die in einer Glasvitrine neben der Kasse ausgestellt waren.

Jeden Donnerstag musste Jakobs Mutter die Mittagsschicht im Laden übernehmen und Jakob kam zum Essen in den Laden. Natürlich war Luzie jedes Mal mit eingeladen!

Jakobs Mutter verschwand in der Küche und Luzie blieb allein mit Jakob zurück.

»Schau mal, der ist neu!«, sagte Jakob und stellte sich auf die Zehenspitzen, um nach einem blauen Porzellanelefanten in der Vitrine zu greifen.

Aus der Küche ertönte die Stimme seiner Mutter: »Jakob, lass bloß die Finger von dem Elefanten. Der soll ins Schaufenster kommen!«

Jakob verdrehte die Augen. »Woher weiß sie das nur?«, flüsterte er. »Hat sie hier irgendwo ihre Augen liegen lassen?«

Ein Topfdeckel klapperte. Es roch lecker nach Tomatensuppe.

Jakobs Finger tasteten weiter nach oben.

»Lass das besser!«, sagte Luzie, die ein komisches Gefühl bei der Sache hatte. Jakobs Mutter konnte jeden Augenblick zu ihnen zurückkommen.

»Ich will ihn doch nur mal aus der Nähe ansehen!«, sagte Jakob. Er hatte ein Bein des Elefanten erwischt und zog daran. Das dicke Tier begann sich zu bewegen. Zentimeter um Zentimeter schob es sich über den Boden der Vitrine und näherte sich der Kante.

»Gleich habe ich dich!«, sagte Jakob.

In der Küche wurden Teller aus dem Schrank genommen.

Jakobs Finger schlossen sich um das andere Bein des Elefanten und er zog das schwere Stück endlich über den Vitrinenrand.

»Na also!«, sagte er und lächelte. Aber er hatte das Gewicht des Elefanten unterschätzt. Der Elefant glitt Jakob wie in Zeitlupe aus der Hand, fiel nach unten und zersprang auf dem Fliesenboden.

»Was ist passiert?« Jakobs Mutter kam aus der Küche gestürzt.

Sie starrte Luzie an, die mit weit aufgerissenen Augen vor dem Scherbenhaufen stand.

»Luzie? Was hast du nur angestellt?«

Luzie antwortete nicht. Die Scherben erinnerten sie an den Spiegel, der ihretwegen zu

Bruch gegangen war. Aber diesmal war sie kein bisschen schuld. Jakob hatte den blauen Elefanten aus der Vitrine genommen, nicht sie!

Jakobs Mutter bückte sich, um die Scherben aufzuheben. »Ich habe euch doch verboten, das Stück anzufassen!«, murmelte sie zornig. Dann sah sie hoch. »Wo ist Jakob überhaupt hingegangen? Das Essen ist fertig!«

Luzie war unfähig zu antworten. Immer noch starrte sie auf die Stelle, an der Jakobs Mutter kniete. Dort, wo Jakob noch vor einer Sekunde gestanden hatte.

Bevor der Elefant aus der Vitrine gefallen war. Bevor Jakob sich plötzlich in Luft aufgelöst hatte.

»Nun renn nicht so schnell!« Jemand zupfte an Luzies Ärmel und erschrocken blieb sie stehen. Sie war einfach aus dem Laden gerannt. Jetzt lief sie die Straße hinab in Richtung der Wohnblocks.

»Ich bilde mir das alles nur ein!«, flüsterte Luzie und sah sich ängstlich um. »Niemand kann unsichtbar werden. Niemand!«

Wie aus dem Nichts erschien Jakobs Gesicht vor ihr. Dann seine roten Locken. Die Sommersprossen. Der Hals. Schließlich stand der ganze Junge wieder dort und sah fasziniert an sich hinunter.

Luzie bekam eine Gänsehaut. Obwohl sie es doch mit eigenen Augen gesehen hatte, konnte sie es kaum glauben.

»Das ist verrückt!«, murmelte sie.

»Ja, es ist verrückt!«, sagte Jakob. »Aber es war keine Absicht. Ich wollte dich nicht in Schwierigkeiten bringen, ich bin von ganz allein unsichtbar geworden. Das ist mir vorher noch nie passiert.«

Luzie packte Jakob am Arm und zerrte ihn hinter sich her. Sie wollte dringend zu Mirko. Denn sie hatte einen Verdacht.

Sie erreichten das Mietshaus von Mirkos Eltern fünf Minuten später. Mirko wohnte ganz oben und eben kam sein kleiner Bruder Zoran unten durch die Tür geschossen.

»Ist Mirko da?«, fragte Luzie.

Zoran nickte. »Er ist in seinem Zimmer. Aber

da oben ist dicke Luft. Papa hat ihn angeschrien.«

Luzie und Jakob wechselten einen Blick. Mirkos Vater schrie ständig herum. Und meistens war Mirko das Opfer.

»Die Tür ist angelehnt«, sagte Zoran. »Papa ist unten im Bastelkeller.«

Luzie und Jakob fuhren mit dem Aufzug hoch in die Wohnung und schlichen sich durch die offene Tür am Wohnzimmer vorbei. Neben dem Fernseher stand Milena, Mirkos Schwester, und übte Flöte.

»Hallo!«, sagte sie, als sie die Freunde ihres Bruders sah. »Mirko ist in seinem Zimmer. Aber er ist sauer. Papa hat wieder mit ihm geschimpft.«

»Das wissen wir schon«, sagte Luzie und steuerte auf das Poster von Superman zu, das an Mirkos Zimmertür klebte. Sie klopfte. Nichts tat sich.

»Mirko?«, rief Jakob und presste sein Ohr an die Tür.

Ein merkwürdiges Geräusch war zu hören.

»Sein Vater hat ihn doch hoffentlich nicht

memory
ACTIVITY
SUPERMAN

verprügelt!«, sagte Luzie und merkte, wie die Wut in ihr hochstieg. Es schien ihr, als würden gleich kleine züngelnde Flammen durch ihren Hals nach draußen brechen.

Jakob stieß die Tür auf.

Das Zimmer war leer.

»Aber wir haben ihn doch beide gehört«, flüsterte Luzie erstaunt und sah sich um.

»Vielleicht hat er sich versteckt?« Jakob steuerte auf den großen Schrank zu.

»Hier bin ich!«, hörten sie. »Ich weiß auch nicht, wie das passieren konnte.«

Verwirrt starrten Jakob und Luzie sich an. Dann hoben sie langsam ihre Köpfe.

Mirko war über ihnen. Er stand mit beiden Füßen auf der Zimmerdecke und sah verwirrt zu seinen zwei Freunden herunter.

Krisensitzung

Eine halbe Stunde später schob sich Eule in Luzies Zimmer. Sie war gekommen, weil Luzie sie angerufen hatte.

»Jakob ist da eben etwas Unglaubliches passiert ...«, sprudelte Luzie los, noch ehe Eule die Tür ganz zugezogen hatte. »Er ist im Laden seiner Mutter unsichtbar geworden!« »Mir ist auch etwas Komisches passiert«, sagte Mirko leise. Er wich Eules Blick aus. »Mein Vater hat mich geschimpft und in mein Zimmer geschickt. Und plötzlich ...« Endlich sah er Eule an. »Ich war oben an der Zimmerdecke und bin kopfüber gelaufen. Es war unheimlich. Luzie und Jakob haben es gesehen.«

Eule starrte Mirko an. Sie starrte Jakob an.

Schließlich blieb ihr Blick auf Luzie kleben.

»Das ist der größte Schwachsinn, den ich seit Langem gehört habe!«, stellte sie fest.

Luzie sah ihre Freundin flehend an. »Ich habe doch vor drei Tagen erzählt, dass ich Feuer gespuckt habe«, versuchte sie es noch einmal. »Das war nicht gelogen. Und die anderen Geschichten sind auch wahr. Jakob ist wirklich unsichtbar geworden. Und Mirko ist tatsächlich die Zimmerwand hochgelaufen.« Sie schwieg, weil ihr die Geschichte selbst völlig dämlich vorkam.

»Könnt ihr euch an das seltsame Licht über der Fabrik erinnern?«, fragte Jakob. »Bestimmt hängt all das damit zusammen!«

»Das denke ich auch«, sagte Luzie ernst.

Eule überlegte. »Mal angenommen, ich glaube euch. Warum hat sich bei mir nichts verändert? Ich habe das Licht schließlich auch gesehen und bin immer noch die Alte!«

»Vielleicht ist es eine Sache, die nur uns drei betrifft.« Luzie sah ihre Freundin mitleidig an.

Eule begann, die Gläser ihrer Brille zu polieren. Sie sah auf einmal beleidigt aus und eine steile Falte entstand auf ihrer Stirn. Ihre brillenlosen Augen wanderten zu Luzies Schreibtisch hinüber.

»Du spinnst wohl!«, schnauzte sie Luzie

plötzlich an, ging zum Schreibtisch und riss die Schublade auf. Ihr Arm verschwand in der voll gestopften Lade.

»Wusste ich doch, dass ich es dir gegeben habe!«, triumphierte sie. »Von wegen, du hast es mir vor fünf Wochen zurückgegeben. Das war glatt gelogen!«

Sie zerrte ihr Poesiealbum hervor.

Mirko starrte Eule fassungslos an.

Luzie ging langsam auf ihre Freundin zu. »Das ist es!«, flüsterte sie und nahm Eule das Brillengestell aus der Hand. Nun waren auch Jakob und Mirko hinzugetreten.

»Was ist was?«, fragte Eule und nahm Luzie ihre Brille wieder weg. »Gib die her. Ohne die bin ich blind.«

Sie sah ihre drei Freunde verunsichert an.

»Eule!«, sagte Jakob. »Luzie hat Recht. Ist dir denn überhaupt nichts aufgefallen?«

Eule kratzte sich an der Stirn. Dann plötzlich nahm ihr Gesicht einen komischen Ausdruck an. »Ich habe meine Brille abgenommen«, stotterte sie. »Und dann habe ich das Poesiealbum gesehen!«

Luzie nickte. »Das Poesiealbum, das *in der Schublade* lag. Hinter meinen Mickymaus-Heften!«

Eules Augen begannen zu leuchten. »Passt doch hervorragend!«, sagte sie. »Luzie speit Feuer. Jakob verwandelt sich in Luft und Mirko spaziert Mauern empor. Und ich habe gerade entdeckt, dass ich durch Wände sehen kann. Durch Wände! Durch Schubladen! Ob das vielleicht auch bei Überraschungseiern funktioniert?«

Eule hörte auf zu plappern und schweigend sahen die vier Freunde sich an.

Luzie war die Erste, die das Wort ergriff. »Aber wie genau funktioniert das? Bei mir hat es nie wieder mit dem Feuerspeien geklappt!«

Jakob überlegte. »Als ich unsichtbar wurde, hatte ich gerade einen Riesenschreck bekommen. Ich war regelrecht vor Schreck festgefroren«, sagte er.

Mirko nickte. »Ich habe mich über meinen Vater aufgeregt. Weil er mich so unfair behandelt hat!«

»Ich war auch sauer, damals auf dem Mädchenklo«, fiel Luzie ein und sie zeigte auf Eule.

»Und Eule hat sich eben über uns geärgert. Offenbar braucht es also eine Menge Gefühle, diese sonderbaren Kräfte zu entfachen! Wut, Angst oder ein schlechtes Gewissen! Aber das allein kann es nicht sein.« Sie dachte nach. »Was habt ihr in dem Moment gemacht, als es passierte?«, fragte sie in die Runde.

Eule grinste. »Ich habe meine Brille geputzt. Erst als das Ding runter war, hatte ich diesen Röntgenblick!«

Mirko versuchte ebenfalls, sich zu erinnern. »Ich habe mir die Schnürsenkel gebunden«, erzählte er.

»Und ich habe mit weit geöffnetem Mund vor dem Spiegel gestanden!«, überlegte Luzie.

»Ich habe etwas fallen lassen!«, sagte Jakob. »Verschwinde ich nun immer, wenn ich etwas kaputt mache?«

»Quatsch«, sagte Mirko. »Mit Scherben hat das bestimmt nichts zu tun. Es muss etwas anderes sein. Ist es nicht komisch, dass wir ausgerechnet die Dinge können, die ...« Er wusste nicht, wie er den Satz beenden sollte. Er zeigte auf Luzie. »Luzie hasst die Spange in ihrem

Mund und kann plötzlich Feuer spucken. Und du, Eule. Ohne deine Brille siehst du nichts. Jetzt plötzlich kannst du durch Wände blicken, wenn du das Ding abnimmst.«

Vor Aufregung hatte Mirko glänzende Wangen bekommen.

»Ich könnte manchmal verrückt werden, weil ich in Sport so eine Niete bin!«, fuhr er fort. »Und auf einmal kann ich Wände emporgehen.« Er schwieg und starrte Jakob an. »Und Jakob ..., Jakob ...« Er wusste nicht weiter.

Aber Jakob grinste. »Ich hasse diese albernen Sommersprossen in meinem Gesicht!«, sagte er und deutete darauf. »Und in dem Moment, als ich unsichtbar wurde, habe ich meine Hände vors Gesicht geschlagen. Ja, das ist die Lösung. So einfach ist es.«

Ein nachdenkliches Schweigen entstand und die vier Freunde sahen sich an.

Sie hatten eine fabelhafte Entdeckung gemacht. Aber wie sollte es jetzt weitergehen?

Tobi bekommt Ärger

»Irre!«, platzte Jakob schließlich heraus. »Mit den Fähigkeiten können wir ...«

Aber Mirko unterbrach ihn. »Wir sollten das Ganze erst einmal für uns behalten«, schlug er vor. »Denkt doch mal an Superman!« Er zog den Comic aus der Hosentasche. »Superman setzt seine Megakräfte nur ein, wenn jemand in Gefahr ist.«

Jakob seufzte. »Mann, Mirko, immer bist du so vernünftig. Wenn jemand in Gefahr ist? Leute, darauf können wir ja ewig warten!«

Aber Eule nickte. »Mirko hat recht. Stellt euch nur vor, die anderen in der Stadt kriegen raus, was mit uns los ist!«, flüsterte sie und zog die Gardine am Fenster beiseite. Sie sah auf die Straße hinunter.

»Wenn das hier rauskommt, werden wir alle abgeholt und eingebuchtet.«

»Eingebuchtet?«, fragte Luzie. »Wofür denn eingebuchtet?«

Eule ließ den Vorhang fallen und drehte sich um. »Mit den Kräften! Da kann die Regierung uns perfekt gebrauchen. Als Soldaten. Als Geheimwaffe im Krieg oder ...«

»... als Babysitter«, vollendete Jakob die düstere Prophezeiung.

Luzie nickte. »Das stimmt«, bekräftigte sie. »Das, was mit uns los ist, muss unter allen Umständen geheim bleiben!«

Jakob wirkte enttäuscht. Aber Mirko sah feierlich in die Runde. »Wir müssen uns gegenseitig versprechen, dass wir niemandem davon erzählen. Dass wir unsere Superkräfte nur einsetzen, wenn ein Notfall herrscht. Und dass wir ...«, er sah streng in Jakobs Richtung, »keinen Missbrauch damit treiben.«

Er legte seine Hand in die Mitte. Eule legte ihre darauf und Luzie folgte ihrem Beispiel. Nur Jakob schien noch mit sich zu kämpfen. »Unsichtbar bekommt man freien Eintritt in den Freizeitpark«, wandte er ein. »Und man kann in die Filme ab 12 gehen.«

Aber die anderen drei ließen sich nicht erweichen. Erst als auch Jakob seine Hand auf die ihren legte, waren sie zufrieden. Der geheime Pakt war geschlossen.

Es war Freitagnachmittag und Eule und Luzie saßen gemeinsam im Wohnzimmer und machten Hausaufgaben.

Die beiden sahen hoch, als die Tür aufgerissen wurde und Luzies Vater hereinstürmte. Es war ungewöhnlich, dass er so früh von der Arbeit nach Hause kam. Er arbeitete in einer Bank und normalerweise hatte er erst gegen vier Schluss. Aber etwas schien heute anders zu sein.

»Sie sind also noch nicht da?«, fragte er und guckte unglücklich zum Fenster hinaus.

»Wer?«, fragte Luzie. Ihr Bruder Tobi war im Einkaufscenter, wo er Regale einräumte. Und Besuch erwarteten sie nicht.

Draußen heulten Sirenen auf und ein blaues Licht glitt über die Zimmerdecke. Ein Polizeiauto hatte vor dem Gartentor angehalten und ein ziemlich dünner Polizist stieg aus.

Als Luzies Vater ihn sah, wurde er bleich. »Oh nein!«, flüsterte er und sah aus, als würde er sich am liebsten unter dem Tisch verstecken.

»Aber das ist ja Tobi!«, entfuhr es Luzie, als sie das verheulte Gesicht ihres Bruders erkannte.

»Dein Bruder kann heulen?«, sagte Eule. »Ich wusste gar nicht, dass er Tränendrüsen besitzt.«

Aber Luzie war nicht zum Lachen zumute.

Sie beobachtete, wie ihr Vater zur Tür schlurfte, öffnete und den Polizisten mitsamt dem unglücklichen Gefangenen ins Haus bat. Die Truppe versammelte sich im Wohnzimmer.

»Ich war es nicht!«, rief Tobi verzweifelt.

Der Polizist nickte. »Das behaupten sie alle«, sagte er griesgrämig und öffnete eine Tasche, die er auf den Tisch ausleerte.

»Das haben wir in den Anoraktaschen Ihres Sohnes gefunden«, meinte er und deutete auf die Gegenstände. »Eine Musik-CD. Ein Parfüm. Ein Computerspiel. Und eine Armbanduhr aus Silber.«

An den Gegenständen klebten noch die Preisschilder. Sie alle stammten aus dem Einkaufscenter, in dem Tobi arbeitete.

»Aber ich war es nicht!«, wiederholte Tobi schluchzend und zeigte auf die CD.

»Diese CD. Die habe ich doch schon. Was sollte ich denn mit zwei gleichen CDs anstellen?«

Der Polizist kratzte sich an der Nase. »Bestimmt wolltest du das alles auf dem Schulhof verkaufen«, überlegte er. »Dieses Parfüm ist einiges wert. Bist du in Geldnöten?«

Der Polizist sah Luzies Vater an. Luzie konnte genau erkennen, woran ihr Papa in dem Moment dachte. An Tobis nagelneues Fahrrad. An seine teure Jacke mit der silbernen Kapuze, in der er das Diebesgut versteckt hatte.

»Aber das habe ich doch alles verdient!«, verteidigte sich Tobi, als hätte er die Gedanken seines Vaters gelesen. »Das Geld für das Fahrrad und die Jacke habe ich mir von meinem Lohn zusammengespart!« Fassungslos starrte er die Beute auf dem Tisch an.

Der Polizist schien ihm kein Wort zu glauben. »Deinen Job im Supermarkt bist du auf jeden Fall los, Bürschchen!«, stellte er fest, und man konnte deutlich heraushören, wie ihn das freute. »Mal sehen, was der Richter dazu meint. Du bist noch minderjährig. Ins Gefängnis können wir Diebe wie dich leider nicht stecken.«

Schließlich schob der Polizist alle Gegenstände in die Tasche zurück. »Das geht jetzt zurück an das Einkaufscenter. Und was weiter passiert, das wirst du die nächsten Tage erfahren!«

Er warf Tobi einen unfreundlichen Blick zu und schüttelte seinem Vater die Hand.

Luzies Vater war ganz weiß im Gesicht, und er starrte auf die Tasche, als wäre eine zischende Kobra darin versteckt.

Als das Polizeiauto draußen verschwunden war, setzte er sich an den Tisch und stierte ins Leere.

»Wie könnt ihr beide mir das antun?«, jammerte er und wischte sich über die Augen. »Luzie macht das teuerste Stück im Geschenkeladen kaputt. Und Tobi ist ein Dieb! Kein Mensch in der Bank wird mir mehr vertrauen können!« Er stand auf und schlurfte ins Bad hinüber.

Luzie schluckte. Ihr Vater hatte den blauen Elefanten bezahlt, obwohl Luzie doch gar keine Schuld hatte.

Aber auch Tobi schien ehrlich verzweifelt.

»Ich war es nicht«, sagte er leise. Dann stand er auf und verzog sich in sein Zimmer.

Ein Plan wird geschmiedet

»Das soll ein Notfall sein?«, fragte Mirko.

Luzie nickte und biss in ihr Pausenbrot. Das Brot schmeckte nach altem Rettich. Iiiih! Das vertrocknete Ding, das die ganze Woche im Gemüsefach gelegen hatte, war auf ihrem Pausenbrot gelandet! Sie verzog angeekelt das Gesicht.

»Natürlich ist das ein Notfall!«, sagte sie. »Wir können Tobi nicht leiden. Trotzdem bin ich sicher, dass er es nicht war. Wir müssen herausfinden, was genau passiert ist. Damit sein guter Name wiederhergestellt wird, er seinen Job zurückbekommt und mein Papa wieder Grund zu lachen hat.«

Eule tippte sich an die Stirn. »Sein guter Name? Endlich kriegt der Kerl mal, was er verdient, und ausgerechnet wir sollen ihm helfen?«

Jakob schlürfte geräuschvoll an seinem Kakao. »Mir egal, wem wir helfen. Hauptsache, ich kann mich unsichtbar machen. Ich würde auch einen lahmen Igel von der Straße retten. Oder eine haarlose Katze von einem Baum.«

»Bei der haarlosen Katze wäre ich dabei«, stimmte Mirko zu. »Aber ausgerechnet Tobi? Ich hasse diesen Fiesling!«

Luzie öffnete ihren Ranzen und schob das angebissene Brot in ihr Mathebuch. Genau der richtige Platz für das ekligste Pausenbrot, das die Welt je gesehen hatte.

»Ihr wollt also zusehen, wie mein Bruder weiterhin als Dieb beschimpft wird!«, sagte sie sauer.

Eule seufzte. »Wie kommst du überhaupt darauf, dass er es nicht war? Ich traue Tobi alles zu!«

»Tobi hat erzählt, dass er im Einkaufscenter gearbeitet hat. Dann ist er in den Aufenthaltsraum gegangen und hat seine Jacke aus dem Schließfach genommen. Er hat sie dort liegen lassen und ist noch mal aufs Klo. Er ist sicher, dass ihm jemand in der Zwischenzeit das Diebesgut in die Taschen gesteckt hat. Aber der Polizist hat ihm kein Wort geglaubt«, erklärte Luzie.

»Warum denn nicht?«, fragte Mirko.

Luzie zog die Schultern hoch. »Der Polizist hat berechnet, dass Tobi höchstens fünf Minuten weg gewesen sein kann. Und das hätte *nicht* gereicht. Die Innentaschen haben viele Knöpfe, und bis man die alle aufbringt, sind allein vier Minuten vergangen. Wenn man dann auch noch eine Menge Sachen darin verstauen will, braucht man bestimmt eine halbe Ewigkeit.«

»Sieht wirklich schlecht für deinen Bruder aus«, sagte Mirko.

Luzie schluckte. Sie verstand sich nicht gerade gut mit Tobi. Aber trotzdem glaubte sie ihm und er tat ihr schrecklich leid.

»Okay«, sagte Eule. »Angenommen, es stimmt. Tobis Jacke war die ganze Zeit eingeschlossen und hing dann kurz im Aufenthaltsraum. Und einer hat es hingekriegt, in der kurzen Zeit all die geklauten Dinge darin zu verstecken.«

Gespannt starrten die drei anderen sie an.

»Aber warum sollte das jemand tun?«

»Er könnte hoffen, dass Tobi geschnappt wird und seinen Job verliert!«, sagte Mirko.

Eule begann zu lachen. »Stimmt. Es gibt tausend Leute, die Tobi hassen! Wir alle können ihn nicht ausstehen. Jeder in dieser kleinen Stadt könnte es also gewesen sein!«

Am gleichen Nachmittag versammelten sich die vier Freunde auf dem Parkplatz vor dem Einkaufscenter.

»Ich mache das nur, weil wir befreundet sind!«, sagte Eule bestimmt zum hundertsten Mal. »Tobi ist mir piepegal.«

Jakob grinste. »Keiner von uns hat Lust, Tobi zu helfen. Es ist klar, dass wir es nur wegen Luzie machen! Bin ich eigentlich immer noch zu sehen?«

Er versuchte seit mindestens fünf Minuten, unsichtbar zu werden.

Luzie seufzte. »Du musst an etwas Schreckliches denken. Und vergiss nicht, deine Sommersprossen zu berühren, sonst funktioniert es nicht.«

Jakob sah unglücklich aus. »Gerade jetzt fällt mir einfach nichts Schreckliches ein.«

Mirko zog ein Exemplar der Schülerzeitung

aus seiner Tasche. Auf dem Titelbild war eine große Aufnahme der Murmel zu sehen. »Vielleicht hilft das ja?«, sagte er und hielt das Bild unter Jakobs Nase.

»Ups! Wohin ist Jakob denn so schnell verschwunden?«, fragte Luzie überrascht und drehte sich einmal im Kreis. Mirko faltete die Zeitschrift wieder zusammen. »Ich wusste doch, dass es funktioniert«, meinte er und blickte zum Eingang des Einkaufscenters hinüber, wo zwei Passanten aufgeregt einen Schritt beiseite sprangen.

Es sah so aus, als hätte sich eben ein ziemlich rüpelhafter unsichtbarer Körper direkt an ihnen vorbeigedrängt.

Ein rettender Einfall

»Du hast gar nichts herausgefunden?«, fragte Luzie enttäuscht und blieb vor den Mädchenumkleiden stehen. In der ersten Stunde hatten sie Sport, und gestern Abend hatten die vier Freunde keine Zeit mehr gehabt, Jakobs Erkundungsausflug zu besprechen. »Leider!«, sagte Jakob und ließ seinen Sportbeutel auf den Boden fallen. »Ich habe nichts Verdächtiges entdeckt. Anscheinend gibt es im ganzen Einkaufscenter nicht einen Menschen, der etwas gegen deinen Bruder hat. Nur eine Sache war komisch.«

»Und welche?«, fragte Luzie ungeduldig.

»Da war ein Mann. Ein Kollege von Tobi. Der kam mir so schrecklich bekannt vor. Und ich kann mich einfach nicht erinnern, woher!«

»Hast du die Schließfächer genau angesehen?«, unterbrach ihn Eule und nahm eine Tüte Schokolinsen aus ihrem Turnbeutel.

Jakob nickte. »Na klar habe ich das gemacht. Und ich habe mich überzeugt, dass niemand außer den Angestellten in den Aufenthaltsraum kommt. Dann war ich sogar extra auf dem Klo und habe die Zeit gestoppt, die ich gebraucht habe, bis ich wieder zurück war. Es waren sogar weniger als fünf Minuten. Keiner hätte in der kurzen Zeit das Diebesgut in Tobis Jackentaschen verstecken können.«

Luzie starrte zu Boden. Es sah schlecht für ihren Bruder aus. Alles deutete darauf hin, dass er die Sachen wirklich gestohlen hatte. Auch wenn er es seit Tagen bestritt und nur noch heulend in seinem Zimmer hockte.

Die Murmel bog um die Ecke und Eule riss ihren Sportbeutel auf. Sie stopfte die halb leere Tüte mit Schokolinsen in die Hosentasche ihrer Sporthose und sah die Lehrerin unschuldig an.

Die Murmel blieb vor den vier Freunden stehen. »Was habt ihr schon wieder zu tuscheln?«, raunzte sie. »Heute spielen wir Völkerball. In vier Minuten seid ihr unten in der Halle! Wer nicht pünktlich ist, darf sich schon mal auf einen zehnminütigen Dauerlauf freuen.«

Luzie und Eule standen nebeneinander in der Mädchenumkleide und leerten ihre Beutel aus. Zwei braune Sporthosen segelten auf den Boden. Dann fielen zwei hässliche graue T-Shirts darauf. Eule sah angewidert auf den Kleiderberg hinunter. Sie alle mussten diese Sportuniform tragen, in der sie aussahen wie Erdmolche.

Seufzend griff Luzie nach einer der beiden Hosen, die wie erschöpfte Putzlappen auf dem Fußboden herumlagen. Eule fing gemächlich an, ihre Brille zu putzen.

Sie band ihre Schnürsenkel zu. Die anderen Mädchen waren längst in Richtung Halle verschwunden. Luzie sah auf die Uhr. Sie hatten noch dreißig Sekunden. Und Eule war noch nicht einmal mit dem einen Brillenglas fertig.

Schweigend rannten Eule, Luzie, Jakob und Mirko im Dauerlauf durch die Turnhalle, während alle anderen in der Mitte der Halle Ballübungen machten. Jakob stöhnte. »Warum sind wir die Einzigen, die immer Strafrunden laufen müssen?«, schimpfte er und versuchte die Strecke abzukürzen, indem er einen Haken

schlug. Die Murmel blies in ihre Trillerpfeife und hob warnend den Zeigefinger.

Eule schnaufte. »Irgendwie ist mir meine Hose plötzlich zu eng!«, flüsterte sie. »Wahrscheinlich in der Waschmaschine eingegangen. Oder liegt das etwa an den vielen Süßigkeiten? Übrigens: Darf ich jemandem eine geschmolzene Schokolinse anbieten?« Sie grabschte in ihrer Hosentasche herum und zog dann ein verzweifeltes Gesicht. »Das gibt es doch nicht!«, jammerte sie. »Ich muss die Tüte verloren haben. Wie soll ich den Sportunterricht ohne Schokolinsen überstehen?«

In dem Augenblick fiel es Luzie ein. Sie lachte. »Sind wir blöd!«, sagte sie zu ihrer Freundin.

»Wir haben vorhin unsere Hosen vertauscht.« Sie fasste in ihre Tasche. »Guck mal. Hier sind sie doch, deine Schokolinsen!«

Eule wurde langsamer.

Sie fasste sich an die Seite und sah aus, als würde sie jeden Augenblick umkippen und wie ein lebender Fußabstreifer auf dem Hallenboden liegen bleiben.

»Guter Trick!«, ächzte sie. »Du wolltest mir wohl unbemerkt meine Schokolinsen klauen!«

Plötzlich stoppte Jakob. Er war ganz vorne gelaufen und die anderen krachten fast in seinen Rücken.

»Ich habs!«, verkündete er und drehte sich zu seinen Freunden um.

»Was hast du?«, sagte Eule. »Keine Lust mehr zu leben? Wenn wir nicht sofort weiterrennen, sperrt die Murmel uns zu den Gymnastikmatten!«

Am anderen Ende der Halle hatte die Murmel ein Pfeifkonzert begonnen. Dabei wedelte sie mit der Hand und schrie etwas, das nicht gerade freundlich klang.

Jakob ignorierte Eules Spruch. Er ignorierte auch die lauten Rufe der Lehrerin und starrte seine Freunde mit leuchtenden Augen an.

»Mir ist gerade etwas eingefallen!«, sagte er und hob die Tüte mit den Schokolinsen wie ein Beweisstück in die Luft. »Das könnte die Lösung des Rätsels sein!«

Verdutzt starrten die drei anderen ihn an. Jakob grinste.

»Die ganze Zeit über habe ich überlegt, woher ich diesen Arbeitskollegen von Tobi kenne!«, begann er.

Er beugte sich zu den drei anderen. »Aber es war gar nicht der Mann, an den ich mich erinnert habe, sondern seine Jacke! Er trug die gleiche Jacke wie Tobi. Ganz bestimmt hat er mit

Luzies Bruder die Jacken getauscht. Versteht ihr? Die paar Minuten, die Tobi auf dem Klo war, haben vielleicht nicht gereicht, um Tobi all die gestohlenen Sachen in die Jacke zu stopfen. Aber es wäre genug Zeit gewesen, um die Jacke auszutauschen. Nämlich gegen eine, die genau gleich aussieht. Mit nur einem Unterschied.«

Luzie, Eule und Mirko waren nun ganz Ohr und das Schimpfen und Schreien der Murmel überhörten sie einfach.

»Mit dem Unterschied, dass in der zweiten Jacke das Diebesgut bereits versteckt war«, beendete Jakob seinen Vortrag. »Das könnte die Lösung sein. Wir sollten diesem Herrn schnellstens einen Besuch abstatten!«

Die Murmel hatte aufgehört mit ihrem Geschrei und kam nun mit großen Schritten durch die Halle auf die vier Freunde zugesteuert. Sie hatte auf einmal große Ähnlichkeit mit einem wild gewordenen Medizinball. Ein paar Haare hatten sich gelöst und peitschten um ihr wütendes Gesicht.

In der Halle war es schlagartig ruhig geworden. Die anderen Kinder hatten mit den Übungen aufgehört und beobachteten gespannt, was weiter geschah.

»Ich möchte ja nicht zur Eile drängen!«, sagte Luzie. Die Schritte der Lehrerin hallten vom Hallenboden wider. »Aber Jakob hat Recht. Wir sollten diesen Herrn schnellstmöglich aufsuchen. Schneller als schnell. Augenblicklich, sozusagen!«

Sie setzte zum Spurt an und raste an der Murmel vorbei in Richtung Notausgang. Eule, Mirko und Jakob taten es ihr nach.

Verdattert blieb die Lehrerin stehen. Sie starrte den flüchtenden Kindern hinterher, als würde sie ihren Augen nicht trauen.

Dann griff sie nach ihrer Trillerpfeife und blies hinein. Laut und gellend. Aber es war sinnlos. Denn die vier Freunde waren längst über alle Berge verschwunden.

Ein Herr wird beobachtet

Die vier Freunde liefen gemeinsam durch das Einkaufscenter. »Bestimmt sucht die Schule uns schon in der ganzen Stadt!«, murmelte Mirko.

Luzie seufzte. »Quatsch. Wir kriegen höchstens Ärger mit unseren Eltern. Bestimmt hat die Murmel angerufen, um sich zu beschweren.«

Eule verdrehte die Augen. »Wegen deinem Bruder. All das wegen deinem Bruder!«

Sie bogen um die Ecke und waren in der Staubsaugerabteilung gelandet. Eine junge Frau kam auf sie zu.

»Was sucht ihr denn hier?«, fragte sie. »Müsst ihr nicht in der Schule sein?«

Jakob schüttelte den Kopf.

»Wir suchen einen Mann«, sagte er. »Einen Mann mit einer Glatze. Er ist ziemlich groß und schlank. Und er arbeitet hier.«

Die Verkäuferin dachte nach. »Du meinst bestimmt unseren Hausmeister Bruno«, sagte sie. »Der ist momentan im Aufenthaltsraum. Aber was wollt ihr denn von ihm?«

Niemandem fiel eine Antwort ein.

»Äh ... vielen Dank«, antwortete Jakob schließlich höflich und schob seine Freunde schnell nach links auf eine große Tür zu. Die Verkäuferin sah ihnen misstrauisch nach, drehte sich noch einmal um und verschwand um die Ecke.

»Eule, jetzt kommst du zum Einsatz!«, befahl Luzie. »Kannst du durch die Tür sehen und uns sagen, was der Hausmeister macht?«

Eule nahm ihre Brille ab und starrte angestrengt in Richtung Tür. »Es funktioniert immer!«, sagte sie verblüfft. »Ich muss nur an Kellerasseln denken, und schon setzen meine Superkräfte ein.«

Ihre Augen waren auf einen unsichtbaren Punkt jenseits der Tür gerichtet.

»Da ist ein Mann mit Glatze«, berichtete sie. »Er stopft gerade Sachen in seine Jacke. Ein paar CDs. Und ein Handy, das noch in der Verpackung ist.«

Luzie sah ihre Freundin entgeistert an. »Was? Er klaut schon wieder? Am helllichten Tag? Ist es ihm völlig egal, wenn man ihn schnappt?«

Eule zuckte mit den Schultern. »Die Tür hat er mit einer Leiter verstellt, sodass niemand ihn überraschen kann. Moment mal!« Eule setzte rasch ihre Brille wieder auf. »Schnell weg hier. Er kommt nach draußen!«

Eilig sprangen die vier Freunde hinter ein großes Regal mit Möbelpolitur. Vorsichtig schauten sie durch die Regalbretter hindurch.

Der Hausmeister schob die Tür des Aufenthaltsraumes auf. Er trug einen blauen Arbeitsanzug und darüber die gleiche Jacke, die Tobi besaß. Verstohlen sah er sich um.

»Was hat er vor?«, flüsterte Jakob.

»Keine Ahnung!«, sagte Luzie. »Das musst du herausfinden. Los, verfolge ihn. Wir treffen uns in einer Stunde unten an der Eisdiele!«

Jakob rannte hinter dem Hausmeister her und löste sich mitten im Spurt in Nichts auf.

»Das klappt ja wie am Schnürchen!«, sagte Luzie und drehte sich um. Sie erstarrte.

Die Verkäuferin von eben stand mit einem

kleinen Mann hinter ihnen und sah sie misstrauisch an.

»Was klappt?«, fragte der Mann streng. »Ich bin der Verkaufsleiter und möchte zu gern wissen, was hier gespielt wird!«

Mirko fing an zu stottern. »Es, es, es geht um den Hausmeister«, sagte er verlegen.

»Um unseren Hausmeister?« Der Verkaufsleiter sah verwirrt auf die Kinder herab.

Luzie schluckte. »Ja. Der Hausmeister. Meine Freundin hat sich in ihn verliebt. Und wir wollten ihn uns alle mal ansehen. Ehrlich, aus der Nähe betrachtet sieht er wirklich ziemlich alt aus.« Der Verkaufsleiter starrte Eule an. Eules Augen blitzten. Aber dann nickte sie. »Er hat mich an jemanden erinnert. Diese Glatze. Und dieser blaue Anzug. An jemanden aus der Werbung.«

Die Verkäuferin ächzte. »Diese jungen Mädchen!«, sagte sie genervt. »Ich gehe zurück in meine Abteilung.«

Sie verschwand. Der Verkaufsleiter hob die Schultern. Dann blinzelte er Eule zu und ging in Richtung Staubsaugerabteilung davon.

»Und?« Luzie reichte Jakob ihre Eistüte. »Konntest du was herausfinden?«

Jakob lutschte an der roten Kugel.

»Nun erzähl schon!«, drängte Luzie und nahm ihm das Eis wieder weg.

Jakob grinste. »Der Kerl ist einfach durch den Notausgang verschwunden!«, erzählte er. »Mitsamt seinem Diebesgut. Und niemand hat ihn aufgehalten. Es gibt zwar einen Alarm am Notausgang, aber das ist nur eine Attrappe. Ich wette, der Kerl hat mit Tobi die Jacken getauscht, um zu testen, ob auch die Melder am Haupteingang Attrappen sind. Bestimmt wollte er nur sehen, ob es überhaupt nötig ist, sich immer durch den Notausgang nach draußen zu stehlen.«

Eule sah Jakob verblüfft an. »Tobi ist also wirklich unschuldig!«, sagte sie und es klang beinahe etwas enttäuscht.

»Es sieht fast so aus!«, meinte Luzie und lächelte.

»Der Kerl hat zu Hause ein richtiges Warenlager!«, erzählte Jakob. »Lauter Kisten und Kartons. Seine Möbel haben kaum Platz, so viel Diebesgut ist in seiner Wohnung gelagert!«

»Wir sollten die Polizei verständigen!«, schlug Mirko vor. Aber Luzie schüttelte den Kopf. »Was sollen wir denen sagen, woher wir das alles wissen? Nein. Wir brauchen einen besseren Plan.«

Jakob grinste. »Einen Plan habe ich längst geschmiedet«, sagte er. »Meint ihr, ihr könnt euch heute Nacht nach draußen schleichen?«

Eule verzog das Gesicht. »Nachts? Unter der Woche? Nachdem wir die Schule geschwänzt haben?«

Mirko hüstelte. »Habt ihr jemals davon gehört, dass Superman seine Eltern gefragt hat, ob er rausgehen darf?«

Jakob nickte. »Genau. Und deshalb treffen wir uns um elf Uhr vor Luzies Haus und laufen gemeinsam zu diesem feigen Dieb. Ich habe da etwas vorbereitet, sodass wir den Kerl noch heute Nacht überführen können.«

»Noch heute Nacht?«, fragte Luzie.

Ihre Hände kribbelten. Sie war so aufgeregt wie schon lange nicht mehr.

Ein Mitternachtsplan

»Ich habe Hausarrest«, sagte Mirko, als sie durch die leeren Straßen der Stadt wanderten. »Eigentlich dürfte ich gar nicht hier sein. Es war nicht einfach, mich raus zu schleichen.«

Jakob lachte. »Die Murmel hat bei uns allen angerufen. Wir haben alle Hausarrest. Aber ich glaube, auch ohne Hausarrest würden unsere Eltern uns nicht um Mitternacht in der Stadt herumspazieren lassen.«

Jakob führte die kleine Gruppe über eine ausgestorbene Kreuzung und blieb vor einem mehrstöckigen Haus stehen. Es stand wie eine unbezwingbare Burg vor ihnen und die Lichter hinter den Scheiben waren erloschen.

»Und? Wie sieht dein Plan denn nun aus?«, flüsterte Mirko.

Jakob räusperte sich. »Die Feuerwehr wird das Diebesgut für uns entdecken«, sagte er.

»Die Feuerwehr?« Eule sah Jakob fragend an.

»Ja!« Jakob lächelte. »Mirko geht an der Außenmauer hoch in den vierten Stock, wo dieser Bruno wohnt, und öffnet das Fenster ganz links. Ich habe es heute Nachmittag einen Spalt offen gelassen. Es führt direkt ins Wohnzimmer. Danach schleicht Mirko ins Treppenhaus, geht nach unten und schließt die Tür für Luzie auf.«

Luzie sah auf.

»Für mich?«, fragte sie und spürte, wie sich ihr Herzschlag beschleunigte.

Jakob nickte. »Du gehst ganz normal durch das Treppenhaus hoch in die Wohnung. Im Flur des Diebes ist ein Feuermelder angebracht. Eine kleine Stichflamme müsste genügen, um den Alarm auszulösen.«

»Und dann?«, Mirko klang atemlos.

»Dann verlässt Luzie das Haus und macht sich zusammen mit Mirko davon. Denn jetzt komme ich zum Einsatz. Ich werde unsichtbar oben in der Wohnung bleiben und darauf achtgeben, dass der Kerl nicht all das Diebesgut verschwinden lässt, bis die Feuerwehr anrückt. Der

Rest erledigt sich hoffentlich von selbst. Wenn die Feuerwehrmänner all die Kisten sehen, werden sie bestimmt die Polizei informieren.«

Luzie nickte. »Die Idee klingt gut. Aber was, wenn der Hausmeister aufwacht, während ich in seinem Flur herumstehe oder Mirko durch das Fenster steigt?«

»Gute Frage«, sagte Jakob. »Das ist Eules Aufgabe. Sie hält hier Wache und setzt ihren Röntgenblick ein, um die Wohnung zu beobachten. Sobald Gefahr droht, pfeift sie auf zwei Fingern, um uns zu warnen.«

»Aber natürlich! Warum bin ich selbst nicht auf die Idee gekommen!« Eule nahm die Brille ab und richtete ihren Blick auf den vierten Stock.

»Momentan schläft dieser Bruno in einem Raum hinter dem Wohnzimmer«, berichtete sie eifrig. »Wann kann es losgehen?«

»Von mir aus sofort!«, sagte Mirko und bückte sich, um seine Schnürsenkel zu binden. Er sah seine drei Freunde an. »Viel Glück! Hoffentlich geht das nicht schief!«

Er ging in die Hocke, schnellte dann nach vorne und landete wie eine Echse auf der Häuserwand. Erst schien es, als würde er das Gleichgewicht verlieren. Aber dann lief er einfach an der Mauer nach oben und war schon nach wenigen Schritten im ersten Stock angelangt. Dann im zweiten. Im dritten. Mit weit aufgerissenen Augen beobachteten ihn die anderen.

Endlich war Mirko im vierten Stock angekommen. Vorsichtig schob er das Fenster auf und verschwand wie ein flüchtender Schatten im Inneren des Hauses.

»Der Mann wälzt sich auf die andere Seite. Kann sein, dass er etwas gehört hat!« Eule klang auf einmal aufgeregt.

»Soll ich pfeifen und Mirko warnen?«, fragte Luzie. Sie stellte sich vor, wie Mirko von diesem Bruno geschnappt und seinem Vater übergeben wurde. Sie wusste genau, wie streng Mirkos Vater war. Bestimmt hatte er kein Verständnis dafür, wenn sein Sohn mitten in der Nacht in der Wohnung eines Fremden aufgegriffen wurde.

Eule starrte die Wand an. Man hörte nur ihren gehetzten Atem. Dann schüttelte sie den Kopf. »Nein. Alles wieder in Ordnung«, gab sie Entwarnung. »Er hat wohl nur schlecht geträumt.

Und Mirko hat es schon bis zum Treppenhaus geschafft!« Ihre Augen wanderten langsam an der Häuserwand entlang, als würde dort ein unsichtbarer Kinofilm ablaufen.

Die anderen beiden sahen nichts. Das Haus stand immer noch still und reglos vor ihnen wie ein schlafender Riese.

Aber dann wurde unten plötzlich die Haustür aufgerissen und Mirko lehnte grinsend im Türrahmen.

»Das war ein Kinderspiel!«, sagte er stolz.

Jakob fasste Luzie an der Hand. »Ich hoffe, dass wir es ebenfalls so leicht haben werden!«, sagte er. »Bist du bereit?« Luzie nickte. Im gleichen Moment wurde Jakob unsichtbar, aber sie konnte immer noch seine Hand in ihrer spüren. Er zog sie hinter sich her ins dunkle Innere des Hauses.

»Jetzt gibt es kein Zurück«, fuhr es Luzie durch den Kopf. Ihr Herzschlag verdoppelte sich und für einen Moment wollte sie kehrtmachen. Aber es war zu spät. Das Abenteuer hatte längst begonnen.

Das Treppenhaus war alt und roch nach Sauerkraut. Luzie bemühte sich, keine Geräusche zu machen. Als sie im vierten Stock angelangt waren, sah sie die angelehnte Tür. Vorsichtig schob sie sie auf und merkte, wie Jakob ihre Hand losließ. Sie befanden sich nun im Flur und an der Decke konnte Luzie das blinkende grüne Licht des Feuermelders entdecken.

»Sieh dir das an!«, hörte sie neben sich Jakobs Stimme. Sie schaute nach links. Schlampig übereinandergestapelt standen dort Kisten gefüllt mit Diebesgut. Die Kisten reichten fast bis zur Decke, und aus den offenen Schachteln quollen Uhren, Schmuck und Handys hervor.

Luzie schüttelte den Kopf.

»Und deswegen hat Tobi all den Ärger am Hals!« Obwohl Tobi oft furchtbar gemein zu ihr war, merkte sie, wie die Wut in ihr hochstieg. Es war ungerecht, wenn jemand unschuldig angeklagt wurde. Sie war auf einmal so zornig, dass sie das Feuer regelrecht in ihrer Kehle brodeln spürte. Es zischte in ihrem Mund, und alle Wut, die sich in ihr angesammelt hatte, entlud sich in einer mächtigen Feuersalve.

Gerade noch rechtzeitig riss sie ihren Kopf in die Höhe, sodass die lodernde Flamme direkt auf den Feuermelder traf.

Die Flamme verpuffte zischend in der Dunkelheit. Aber der Alarm blieb aus.

»Die Flamme muss größer sein!«, murmelte Jakob, der einen Schritt zurückgewichen war. Mit einem dumpfen Knall stieß er an die Kartons und die oberste Kiste begann gefährlich zu wackeln.

Luzie hielt vor Schreck den Atem an. Was, wenn der Feuermelder überhaupt nicht funktionierte?

Wieder öffnete sie den Mund.

Zzzzzsch! Eine dunkelrote Flamme schoss aus ihrem Mund, gefolgt von einer grauen Rauchsäule, die fast bis zur Zimmerdecke reichte.

Der Feuermelder blinkte gemächlich vor sich hin, gab aber nicht den kleinsten Laut von sich.

»Das kann nicht sein!«, flüsterte Jakob panisch.

Luzie drehte sich ratlos zu ihrem Freund um. Weil er unsichtbar war, konnte sie ihn nicht sehen. Aber etwas anderes sah sie: die Spitze des Kartonturmes, die sich langsam nach unten bewegte.

»Achtung!«, schrie sie und sprang zur Seite.

Polternd krachten zwei Kartons von oben herab und entleerten sich unter lautem Getöse auf dem Boden.

Im gleichen Augenblick ertönte von der Straße ein Pfiff. Die Tür zum Schlafzimmer wurde aufgerissen.

»Was zum Teufel ...?« Der Hausmeister trug einen gestreiften Schlafanzug und starrte Luzie an, als wäre sie ein Gespenst. Er machte einen Schritt auf sie zu und streckte die Arme nach ihr aus.

Luzie wich zurück. Sie stolperte gegen einen der Kartons, und plötzlich fiel ihr wieder ein, weshalb sie überhaupt hierher gekommen waren.

Sie öffnete den Mund, und heraus kam ein dritter Feuerschwall, der sich züngelnd zur Decke hocharbeitete.

Das grüne Licht ging aus und das rote begann zu blinken. Mit lautem Kreischen setzte der Feueralarm ein.

Der Mann tat einen Sprung nach vorne, um den Alarm wieder abzustellen. Aber mit einem Schmerzensschrei ging er in die Knie und blieb verwirrt auf dem Boden hocken. Jakob hatte ihn ins Bein gebissen!

Im Stock über ihnen wurde eine Tür aufgerissen.

»Es brennt!«, schrie eine Nachbarin. »Alle nach draußen! Ich habe schon die Feuerwehr angerufen!«

Jetzt war es höchste Zeit für Luzie zu verschwinden. Sie fuhr herum und rannte ins Treppenhaus. Aber der Hausmeister ließ sich nicht abschütteln. Schon hatte er sich wieder hochgerappelt und war ihr dicht auf den Fersen. Direkt hinter ihm hetzten die Leute aus dem fünften Stock nach unten. Und auch im restlichen Haus wurden nun Türen aufgerissen und Leute strömten ins Freie.

»Falscher Alarm!«, schrie der Hausmeister in all dem Tumult. Er hatte Luzie fast erreicht. »Warte, wenn ich dich zu fassen kriege!«

Sie spürte seinen Atem in ihrem Nacken. Seine Fingerspitzen griffen in ihr Haar. Keiner der anderen Hausbewohner achtete auf sie. Sie alle waren in heller Panik und versuchten, ihre eigene Haut zu retten.

Luzie schnappte nach Luft. Langsam ging ihr die Puste aus und sie hatte noch eine Etage vor sich. Der Hausmeister holte auf. Nur noch ein Meter lag zwischen ihnen. Gleich würde er sie zu fassen bekommen, und dann ...

Aber auf einmal geschah es. Bruno stolperte, als hätte ihm jemand ein Bein gestellt. Durch all das Schreien und Lärmen hindurch war Jakobs Kichern im überfüllten Treppenhaus zu hören.

Mit riesigen Schritten verschwand Luzie durch die offene Haustür. Sie schlüpfte durch die Gruppe der Hausbewohner hindurch, die ängstlich im Garten standen und nach oben starrten.

Unbemerkt raste sie die Straße entlang. Gerade rechtzeitig, denn schon bog das erste Feuerwehrauto um die Ecke.

Ein glückliches Ende?

Luzie, ihr Vater und Tobi saßen gerade über einer Schüssel Spaghetti, als ein Polizeiauto vor der Einfahrt hielt.

Erschrocken spähte Luzies Vater durch die Gardinen. Er wurde blass.

»Du hast doch nicht schon wieder was ausgefressen!«, sagte er mit erstickter Stimme in Tobis Richtung und legte die Gabel zur Seite.

»Ich habe nichts getan!«, sagte Tobi winselnd. Seit seiner Festnahme war er ziemlich kleinlaut geworden. »Ich war es schon letztes Mal nicht, auch wenn niemand mir glauben will!«

Er sah die Nudeln im Topf an, als wären es eklige gelbe Würmer. »Und heute war ich den ganzen Tag in der Schule. Ich kann gar nichts ausgefressen haben. Das ist eine Verschwörung gegen mich!«

Es klingelte, aber keiner regte sich. Tobi

starrte auf seinen Teller hinunter, Luzies Vater hatte die Hände gefaltet. Schließlich stand Luzie auf, um den Polizisten hereinzulassen.

Sie war aufgeregt. Hatte ihr Plan funktioniert? Ihr fielen tausend Fragen ein, die sie dem Polizisten stellen wollte. Aber natürlich durfte sie sich nicht verraten. Sie führte den Besucher in die Küche.

Der Polizist räusperte sich.

»Ich muss Tobias bitten, mich sofort auf das Polizeipräsidium zu begleiten!«, sagte er.

Tobis Hände begannen zu zittern. Er sah hoch. »Aber warum denn?«, fragte er und seine Stimme klang wie ein Heulen. »Ich schwöre, ich habe nichts getan. Irgendjemand spielt einen Streich mit mir!«

Seine Augen füllten sich mit Tränen und Luzies Vater sah verunsichert zwischen seinem Sohn und dem Polizisten hin und her.

Der Polizist nickte. »Das stimmt, Tobias. Und genau deswegen musst du mit uns kommen und noch einmal alles zu Protokoll geben!«

Nun begriff Tobi gar nichts mehr. Sein Mund klappte auf und zu. Er sah aus wie eine stumme

Kaulquappe, die aus Versehen in einen dicken Jungen verwandelt worden war.

Auch Luzies Vater starrte den Polizisten an.

»Was sagen Sie da?«, flüsterte er und griff vor lauter Verwirrung nach seiner Gabel. Er stocherte aufgeregt in den Nudeln herum, dann sah er wieder den Polizisten an.

»Ein Arbeitskollege von Tobias ist heute Nacht verhaftet worden«, erklärte der Polizist. »Es gab einen Feuerwehreinsatz in seiner Wohnung und dabei wurde ein Diebeslager entdeckt. Der Mann hat zugegeben, seit Langem zu klauen und die Sachen weiterzuverkaufen. Und er hat gestanden, Tobias das Diebesgut untergejubelt zu haben, um zu testen, ob die Alarmanlage am Haupteingang des Einkaufscenters scharf ist.«

Vor Überraschung verschluckte sich Tobi, und rasch griff er nach einem Glas Wasser und spülte seine Sprachlosigkeit hinunter. »Ein Kollege hat die Sachen geklaut?«, hustete er.

Der Polizist nickte. »Der Hausmeister. Kennst du ihn?«

Fassungslos starrte Tobi den Polizisten an.

»Bruno hat unsere Jacken getauscht? Deswegen wollte er von mir wissen, wo ich sie gekauft habe!« Er sah bestürzt aus.

Der Polizist nickte. »Es stimmt. Du bist Opfer eines gemeinen Plans geworden.«

Tobi fasste in die Schüssel und nahm mit den Fingerspitzen eine Nudel heraus. Er sog sie ein wie einen Wurm und sah den Polizisten ungläubig an. »Das heißt, ich bin unschuldig? Ich muss nicht vor Gericht?«

Der Polizist nickte erneut. »Ja, du bist unschuldig. Und vor Gericht musst du höchstens als Zeuge aussagen.«

Jakob, Mirko, Eule und Luzie saßen im Wohnzimmer und sahen ihre Lieblingsserie an. Es war ein Zeichentrickfilm über zwei tapfere Detektive, die die Welt vor dem Bösen retteten. Gebannt starrten sie auf die Mattscheibe. Es war nur das Knirschen von gerösteten Erdnüssen zu hören, die Eule sich in den Mund schob.

Da wurde ein Schlüssel ins Schloss geschoben und Tobi kam wieder nach Hause.

Aufgeregt schoss ihr Vater aus der Küche ins

Wohnzimmer. »Und?«, fragte er ganz außer sich und stellte sich breitbeinig vor dem Fernsehgerät auf. Eule seufzte.

Tobi ließ sich zwischen die vier Freunde auf das Sofa plumpsen. Er quetschte sie zusammen wie Ölsardinen.

»Er war es wirklich!«, berichtete Tobi. »Der Hausmeister des Einkaufscenters. Er hat alles gestanden und ich darf nächste Woche wieder in meinem alten Job anfangen. Ist das nicht prima?«

Luzies Vater atmete auf. »Das ist ja wunderbar!«, sagte er und klatschte in die Hände. Er verdeckte immer noch den Fernseher und vorsichtig nahm Eule ihre Brille ab. Streng räusperte sich Luzie neben ihr und ertappt schob Eule ihre Brille auf die Nase zurück.

»Und das alles ist aufgeflogen, weil die Feuerwehr in der Wohnung des Mannes war?«, fragte Luzie mit einer Unschuldsmiene und Mirko, Jakob und Eule starrten Tobi neugierig an.

»Ach«, Tobi zuckte mit den Schultern. »Das ist eine ganz komische Geschichte. Denn der Feueralarm ist von ganz allein angegangen. Es hat überhaupt nicht gebrannt. Bruno hat ständig was von einem Mädchen gequasselt, das seine Wohnung in Brand stecken wollte. Aber keiner der anderen Hausbewohner hat etwas gesehen. Es ist fast so, als habe die Gerechtigkeit höchstpersönlich dem Mann einen Streich spielen wollen.«

Jakob grinste. »Ja, die Gerechtigkeit. Es ist nur gut, wenn man manchmal etwas nachhilft«, sagte er.

Misstrauisch blickte Tobi Jakob an. »Was meinst du denn damit?«, fragte er und Jakob guckte unbeteiligt auf seine Schuhspitzen hinab.

»Das war nur so dahingesagt!«, antwortete Eule hastig. »Ist doch schön, wenn sich am Ende alles auflöst und niemand unschuldig verurteilt wird!«

Jetzt schüttelte Tobi den Kopf.

»Na ja. Auf jeden Fall habe ich riesiges Glück gehabt!«

Luzies Vater trat endlich beiseite und der Film kam wieder zum Vorschein. Die zwei Detektive näherten sich dem bösen Ungeheuer und brachten ihre Zauberwaffen in Stellung. Luzie stellte den Ton lauter.

Luzies Papa verschwand wieder in der Küche. »Ich mache uns einen großen Krug Kakao!«, sagte er. »Und dann rufe ich in der Bank an und erzähle die Neuigkeit. Dass mein Sohn zu Unrecht verhaftet worden ist und der eigentliche Täter inzwischen geschnappt wurde!«

»Aber klar!«, sagte Tobi und klang auf einmal wieder genauso gelassen wie immer. Nichts erinnerte mehr daran, dass er noch vor ein paar Stunden ein Häuflein Elend gewesen war.

Er machte sich auf dem Sofa noch breiter und Mirko fiel beinahe über die Lehne. Dann schnappte sich Tobi die Fernbedienung und schaltete einfach um.

»Entschuldigung, Kinder. Aber leider fängt gleich meine Lieblingsserie an. Ihr seid sowieso zu klein für diese brutalen Filme.«

Wütend verschränkte Luzie die Arme vor der Brust.

»Aber wir waren vor dir da!«, sagte sie zornig.

Tobi grinste gemein. »Der Stärkere gewinnt!«, sagte er. »Schon vergessen?«

Nacheinander standen Jakob, Mirko, Eule und Luzie vom Sofa auf. »Dann gehen wir eben hoch in mein Zimmer!«, entschied Luzie und warf ihrem Bruder einen letzten giftigen Blick zu.

Es war also alles wieder wie immer. Tobi war absolut wieder der Alte.

»Mirko, pass auf, dass du dir beim Treppensteigen nicht die Beine brichst!«, rief Tobi ihnen höhnisch nach. »Und Eule. Immer schön am Geländer entlangtasten! Irgendwann kommst du ganz von alleine oben an.«

Als sie oben in ihrem Zimmer waren, warf Luzie wütend die Tür hinter sich zu.

»Ihr hattet Recht!«, schimpfte sie. »Wir hätten diesem Idioten nicht helfen dürfen!«

Eule seufzte. »Das haben wir dir doch von Anfang an gesagt. Manche Leute ändern sich nie!«

Mirko ließ sich auf Luzies Bett fallen. »Superman wird doch auch immer fies behandelt!«, meinte er tröstend. »Das ist einfach so, wenn man in diesem Geschäft tätig ist.«

»Tolles Geschäft!«, motzte Luzie und starrte zum Fenster hinaus.

Die Zimmertür schwang von selber auf und knallte wieder zu.

»Was war das denn?«, fragte Eule erschrocken.

Langsam drehte sich Luzie um. »Wo ist eigentlich Jakob abgeblieben?«, fragte sie.

Verwirrt sah Mirko sich um. »Eben war er noch da. Er saß an deinem Schreibtisch. Und auf einmal ist er verschwunden!«

Die drei Freunde rannten zur Zimmertür hinüber und rissen sie auf. Unten war auf einmal lautes Geschrei zu hören.

»Flöhe!«, kreischte Tobi und man hörte einen Sessel umkippen. »Flöhe. Die zwicken mich überall!«

»Ich dachte, wir dürfen unsere Superfähigkeiten nur im Notfall einsetzen!«, sagte Eule.

Luzie grinste.

»Das ist ein Notfall!«, entschied sie. »Und so ein paar Flöhe haben noch nie geschadet.«

Sie sahen sich an und begannen zu lachen.

Bankraub mit Folgen

Ein gemütlicher Sonntag

Eule und Luzie rannten hintereinander die Treppe hoch. Luzie riss die Tür zu ihrem Zimmer auf und ließ sich in ihrem dicken Anorak auf das Bett plumpsen. Ein paar Schneeflocken rieselten von ihrer Kapuze herab. »Schlittenfahren macht echt Spaß«, keuchte sie. »Wenn es nur nicht so kalt wäre!«

Luzies Lippen schimmerten bläulich und ihre Finger waren steif wie gefrorene Fischstäbchen. Sie sah verstohlen zu Eule hinüber und öffnete dann den Mund einen Spalt weit. Eine winzige Flamme züngelte knisternd hervor. Es war gerade so viel Feuer, dass Luzie ihre Finger daran wärmen konnte. Das Fischstäbchen-Gefühl verschwand und ihre Hände nahmen wieder einen rosigen Farbton an.

Eule gähnte. Sie war zu Luzies Schreibtischstuhl gelaufen und ließ sich ächzend hineinfallen. Dann nahm sie ihre Brille ab und ließ den Blick über die geschlossene Kommode wandern. Sie zog die Stirn in Falten. »Du hast dieses lächerliche Ballettkostüm allen Ernstes aufgehoben?«, fragte sie kopfschüttelnd und zog eine Grimasse. Immer noch war ihr Blick auf die Kommode geheftet. »Wir waren uns doch einig, dass du darin aussiehst wie ein Wattebausch auf Beinen!«

Luzie klappte den Mund zu und die Flamme verebbte. Sie starrte ebenfalls zur Kommode hinüber. Alle Schubladen waren geschlossen, und nichts verriet, was dahinter verborgen lag.

Doch Eule hatte recht. In der ersten Klasse hatte Luzie sich eingebildet, Ballerina werden zu wollen. Aber in dem weißen Tüllkleid mit dem gefütterten Unterrock hatte sie so komisch ausgesehen, dass sogar die Tanzlehrerin bei ihrem Anblick ständig grinsen musste. Seit drei Jahren lag das Ballettkleid nun ganz hinten im obersten Fach der Kommode. Hinter der Tasche mit den Rollschuhen und unter der Plastiktüte mit den Badeanzügen. Luzie konnte sich noch gut daran erinnern, wie sie das Kleidungsstück ganz hinten in der Schublade versteckt hatte.

»Du sollst nicht ständig in meinen Sachen herumschnüffeln!«, sagte sie streng und Eule setzte eilig ihre Brille wieder auf.

»Ts, ts, ts!«, ertönte es vom Fenster und erschrocken fuhren die beiden Mädchen herum. Ihr Freund Jakob tauchte wie eine Fata Morgana vor ihnen auf. Erst konnte man nur sein sommersprossiges Gesicht und die roten Haare sehen, dann erschien nach und nach der restliche Körper aus dem Nichts. Offenbar war Jakob schon die ganze Zeit über in Luzies Zimmer gewesen und hatte das Gespräch der Mädchen heimlich belauscht.

»Aha, Ballett«, sagte er und Luzies Wangen färbten sich pink.

Jakob hockte auf dem Fenstersims und ließ die Beine baumeln. Er sah seine beiden Freundinnen tadelnd an. »Hatten wir nicht vereinbart, unsere Superkräfte nur im Notfall einzusetzen?«, fragte er und sprang vom Sims herab.

Luzie sah ihn ertappt an. »Und warum hast du dich dann in meinem Zimmer unsichtbar gemacht?«, fragte sie zurück. »Was war das für ein Notfall?«

Jakob zog die Schultern hoch. »Ich musste Erkundigungen einholen«, sagte er und schlenderte zur Kommode hinüber. »Andernfalls hätte ich doch nie erfahren, dass du in einem früheren Leben ein Wattebausch auf Beinen warst.«

Luzie lief hinter Jakob zur Kommode und drehte den Schlüssel im Schloss, ehe er die Schublade aufziehen konnte, um das Kostüm zutage zu fördern.

»Seit wann bist du hier?«, fragte sie, um das Thema schnell von ihrem verunglückten Ballettkleid abzulenken.

»Wir sind vor zehn Minuten gekommen. Dein Vater hat uns netterweise hereingelassen!«, sagte Jakob und sah bedauernd zu, wie der Schlüssel zur Kommode in Luzies Hosentasche verschwand.

»Wir?« Die Mädchen sahen wie auf Kommando hoch zur Decke. Und tatsächlich – hinten links über dem Erker kauerte Mirko und blickte verlegen zu ihnen herunter.

Luzie, Eule, Jakob und Mirko hatten ein großes Geheimnis: Seit sie im letzten Sommer nachts ein seltsames Licht über der Fabrik im Wald erblickt hatten, besaßen sie Superfähigkeiten. Luzie konnte Feuer speien. Eule hatte eine Art Röntgenblick, mit dem sie durch geschlossene Türen und Wände sah. Jakob war in der Lage, sich unsichtbar zu machen, und Mirko konnte Wände emporlaufen und sich wie ein Insekt über die Decke bewegen.

Nun erhob er sich endlich aus seiner unbequemen Haltung über ihnen, hing einige Sekunden kopfüber an der Decke und sprang dann mit einer Art Salto auf den Boden herab.

Im normalen Leben war er schrecklich unsportlich, und verblüfft betrachteten die drei Freunde das Kunststück.

»Und was machen wir jetzt?« Luzie grinste in die Runde.

»Jetzt spielen wir eine Runde Uno!«, entschied Jakob. »Wenn es draußen so ungemütlich ist, gibt es nichts Schöneres!«

Die vier setzten sich auf den weichen Teppich und Eule teilte die Karten aus.

Plötzlich wurde die Tür aufgerissen und Luzies Bruder Tobi steckte den Kopf hinein. Er war 14, fast doppelt so groß wie seine Schwester und sah mit seinem fülligen Gesicht und den kurz rasierten Haaren ziemlich einschüchternd aus. Es machte ihm höllisch Spaß, Luzie und ihre Freunde zu schikanieren.

Der Junge sah abfällig auf die Gruppe hinab. »Oje, wie öde muss es sein, Viertklässler zu sein!«, blaffte er und gähnte demonstrativ. Dann fiel sein Blick auf Eule, die durch ihre dicke Brille auf die Karten sah. »Eule, wenn du die Zahlen auf den Karten nicht entziffern kannst, leihe ich dir gerne eine Lupe!«, sagte er boshaft und lachte über seinen eigenen Witz.

Keiner reagierte. Nur Jakob hob den Kopf. »Gute Idee«, meinte er. »Kann man damit nicht auch deine Pickel in Übergröße sehen? Sieht bestimmt beeindruckend aus. Wie eine Mondlandschaft!«

Tobis Gesicht verdunkelte sich. Er warf Jakob einen bösen Blick zu, ließ die Tür krachend ins Schloss fallen und verschwand laut stampfend in seinem eigenen Zimmer.

Die vier Freunde sahen sich an und grinsten. »Es ist wirklich ziemlich öde, ein Viertklässler zu sein«, sagte Luzie und ein hauchdünner Rauchfaden schlängelte sich aus ihrem Mundwinkel und stieg zur Zimmerdecke empor.

Frau Urmel macht Probleme

Luzie saß mit gerunzelter Stirn über ihrem Mathebuch und versuchte, die nächste Aufgabe zu lösen.

»Emil und Anna wiegen zusammen 130 Kilo, Emil wiegt 17 Kilo mehr als Anna. Wie viel wiegt Anna?«

Luzie war es egal, wie viel Anna wog. Wenn sie zu dick war, sollte sie gefälligst eine Diät machen.

Die Zahlen tanzten wie kleine Punkte vor Luzies Augen. Als sie den Kopf hob, zuckte sie zusammen: Vor ihr stand mit aufgetürmtem Haar Frau Urmel, die Klassenlehrerin. Frau Urmel war nicht nur groß, sondern auch dick, was ihr den Spitznamen Murmel eingebracht hatte.

»Willst du ewig dumm bleiben?«, fuhr die Murmel Luzie an und deutete mit ihrem Blei-

stift auf einen kleinen Leberfleck auf Luzies Stirn. »Von der Tochter des Sparkassendirektors hätte ich mehr Grips erwartet!«

Luzie starrte auf ihr Buch hinab.

»Du findest die Formel für diese Aufgabe im Merkkasten auf Seite 31 in deinem Mathebuch!«, raunzte die Murmel und drehte sich endlich um.

»Bis morgen lernst du den Merkkasten auswendig!«

Luzie schlug Seite 31 auf und erstarrte. Über der ganzen Seite klebten die ekligen Überreste eines eingetrockneten Pausenbrotes. Schwach konnte sie sich erinnern, vor Wochen ein altes Rettichbrot in ihrem Mathebuch versenkt zu haben.

Eule, die neben Luzie saß, kicherte und eilig schlug Luzie das Buch wieder zu.

Im gleichen Moment wurde die Klassenzimmertür aufgeschoben und Mirko schlich leise herein. Er war schon gestern zu spät zum Unterricht gekommen und sah irgendwie unglücklich aus.

Die Murmel blies ihre Backen auf und Mirko wirkte schlagartig noch unglücklicher.

»Ich hoffe, du hast deine Hausaufgaben gemacht!«, zischte die Lehrerin und deutete an die Tafel. »Denn die Stunde endet erst, wenn du alle Aufgaben gelöst hast.«

»Wenn du es nicht geschafft hättest, hätte ich mich irgendwann unsichtbar gemacht und den Feueralarm ausgelöst!«, sagte Jakob und zog sich einen Apfelsaft aus dem Getränkeautomaten. Er sah seinen Freund Mirko bewundernd an. »Aber du hast unsere Hilfe ja gar nicht gebraucht.«

Mirko hatte immer noch eine käsige Gesichtsfarbe. Dabei hatte er bis auf eine Aufgabe alle gelöst, und jetzt war endlich große Pause.

»Ich glaube, die Murmel ist in Wahrheit ein Dompteur«, sagte Eule nachdenklich und riss eine Tüte Gummibärchen auf. »Man kann sich doch gut vorstellen, wie sie einen Tiger anschreit und zum Weinen bringt.« Sie stopfte sich ein rotes Gummibärchen in den Mund. »Die Murmel macht aus jedem Raubtierkäfig einen verängstigten Streichelzoo.«

Luzie nickte. »Auf jeden Fall ist es lebensmüde, zu spät in Murmels Unterricht zu kommen. Hast du etwa schon wieder verschlafen?« Fast vorwurfsvoll sah sie Mirko an.

Mirko wurde rot. Er spielte verlegen an seiner Uhr herum und tat so, als hätte er Luzies Frage nicht gehört.

»Hast du eigentlich überhaupt keinen Hunger?« Nun war es Eule, die Mirko neugierig musterte. »Eben hat doch ganz deutlich dein Magen geknurrt. Hat deine Mutter dir etwa nichts eingepackt?«

Mirko zog verlegen die Schultern hoch und Eule reichte ihm gönnerhaft ihr Schinkenbrot. Dann streckte sie ihm die Tüte mit Gummibärchen entgegen. »Nimm die grünen. Vitamine sind gesund!« Sie zwinkerte.

Aber als Mirko wegsah, warf sie Luzie einen verstohlenen Blick zu. Irgendetwas verbarg ihr Freund Mirko doch vor ihnen, nur was?

Der Schultag schien kein Ende zu nehmen. Die Murmel saß inzwischen mit einem Dirigentenstock auf ihrem Schreibtisch und dirigierte »Der Jäger aus Kurpfalz«. In der letzten Stunde hatten sie Musikunterricht.

Endlich ließ sie ihren Taktstock sinken. Sie hievte sich von der Tischplatte und wackelte zur Tafel. »Montag Sparkasse« schrieb sie darauf. Dann drehte sie sich wieder um.

»Am Montag findet die Exkursion statt!«, donnerte sie, und Amelie, das kleinste Mädchen in der Klasse, zuckte unter ihren Worten erschrocken zusammen.

»Wer wird denn umgebracht?«, fragte sie verängstigt und die Murmel verdrehte genervt die Augen.

»Exkursion und nicht Exekution!« Sie ging zur Tafel zurück und schrieb das Wort »Exkursion« in Schönschrift unter »Montag Sparkasse«.

»Exkursion bedeutet Ausflug und am Montag machen wir einen gemeinsamen Ausflug zur Sparkasse.«

Rainer, ein dicker Junge mit Stecker im Ohr, gähnte.

Die Murmel schnippte die Kreide in die Schachtel zurück und rieb ihre Hände aneinander. »Der Sparkassendirektor hat uns netterweise eingeladen, uns die Bank zu zeigen. Wir werden alles besichtigen, und ihr habt Gelegenheit, euer Erspartes auf ein Konto einzuzahlen! Derjenige, der die größte Summe angespart hat, erhält ein Geschenk.«

»Das ist ungerecht«, flüsterte Eule. »Wer am meisten hat, kriegt noch etwas dafür?« Sie sah ihre Freundin Luzie an. Luzies Wangen wurden rot. Ihr Vater hatte kein Wort davon verraten, dass er ihre Klasse eingeladen hatte!

»Wir werden uns in mehrere Gruppen aufteilen. Netterweise haben sich zwei ältere Schüler bereit erklärt, uns zu begleiten«, fuhr die Murmel fort.

»Welche zwei Schüler denn?«, fragte Jakob vorlaut. Die Murmel lächelte säuerlich. »Es sind zwei Schüler, die zurzeit ein Praktikum in der Bank machen. Ihr kennt sie alle – Mira und Gustav.«

Die Röte in Luzies Gesicht verschwand und für einen Moment wirkte sie beinahe grün um die Nase. Die Murmel hatte recht – jeder an der Schule kannte die beiden! Mira war hübsch, aber furchtbar eingebildet und gemein. Sie passte perfekt zu Gustav, ihrem festen Freund. Er trug eine mächtige Haartolle wie Elvis Presley und war an der ganzen Schule dafür bekannt, dass er den Erstklässlern das Busgeld abnahm und sich dafür Haargel kaufte.

»Das muss ein Albtraum sein!«, flüsterte Eule unglücklich und stieß Luzie in die Seite.

Luzie nickte. Sie sah nach vorn zur Tafel, wo die Murmel stand und zufrieden auf ihre Klasse hinabstarrte.

Es wirkte fast so, als würde sie Radieschen zählen. Unschuldige Radieschen, die nur darauf warteten, unsanft aus dem Erdboden gerissen zu werden!

Mirko steckt in Schwierigkeiten

Die vier Freunde saßen in Mirkos Zimmer und sahen die Sparbüchsen an, die auf dem Schreibtisch standen. Die schönste Spardose hatte Jakob: Seine Mutter arbeitete in einem Geschenkeladen und hatte ihm eine Spardose aus Porzellan in Form eines Zebras gekauft. Eules Sparbüchse war ein altes Erbstück von ihrer Großmutter – ein kleines Holzkästchen, auf dem Sterntaler abgebildet waren. Luzies Sparschwein war das modernste Stück: eine Kassette aus Eisen mit Zahlenschloss. Schließlich gab es noch Mirkos Spardose: einen Globus aus Blech.

»Die Stunde der Wahrheit ist gekommen!«, sagte Luzie und machte sich daran, ihr Zahlenschloss zu knacken. Das Schloss sprang auf. Ein 5-Euro-Schein segelte auf die Tischplatte hinab und einige silberne Münzen fielen klimpernd daneben.

»Nicht gerade ein Vermögen!«, stellte Luzie enttäuscht fest. Sie nahm den Schein und faltete ein Flugzeug daraus.

»Na ja, immerhin mehr als bei mir«, sagte Jakob. Er öffnete die Gummilasche am Bauch des Zebras und einige 10-Cent-Münzen fielen herab. Alles in allem nicht einmal 2 Euro!

Jetzt war Eule an der Reihe. Sie sperrte das Holzkästchen auf und schüttete den Inhalt auf den Tisch: 3 Knöpfe, eine kupferne Münze und ein gelbes angeknabbertes Smartie.

»Soll das ein Witz sein?«, fragte Luzie und schnippte einen der Knöpfe über den Tisch.

Eule machte ein unschuldiges Gesicht. »Ich habe mein ganzes Geld investiert«, meinte sie. »Und zwar in Schokoladen- und Keks-Aktien.«

Sie nahm verwundert die kupferne Münze zwischen die Fingerspitzen. »Aber wie dieses Geldstück hier gelandet ist, ist mir ehrlich gesagt ein Rätsel!« Doch dann nickte sie zufrieden. »Ein Pfennig. Der stammt eindeutig noch von meiner Oma.«

Mirko sah verwundert auf die bisherige magere Ausbeute auf dem Tisch hinab. Von den vier Freunden war er der Gewissenhafteste, und Luzie war sicher, dass er das ganze Jahr über eisern gespart hatte. Bestimmt würde er das angekündigte Geschenk gewinnen!

Mirko machte sich daran, die Weltkugel zu öffnen. Sie sprang auf und ... war völlig leer!

»Das gibt es doch nicht!«, stammelte Mirko. Er fuhr mit den Fingern die glatte Innenfläche der Kugel entlang, als könnte sich das Geld irgendwo versteckt haben. Dann sprang er auf und stürmte ins Zimmer seines kleinen Bruders hinüber.

»Gib mir sofort mein Geld zurück!«, hörte man ihn schreien. »Das war ich nicht!«, beteuerte der kleine Zoran. »Meine Spardose ist auch leer!«

Eine zweite Tür zum Flur ging auf und die Stimme von Mirkos Schwester Milena erklang. Die Geschwister sprachen kroatisch miteinander und die drei Freunde konnten nichts mehr verstehen.

Als Mirko zurückkam, sah er verzweifelt aus. »Unser Vater hat all unsere Ersparnisse weggenommen«, sagte er und setzte sich an den Tisch zurück.

»Dein Vater? Aber wieso denn?«, Luzie merkte, wie es in ihrer Kehle brodelte.

»Meine Eltern arbeiten doch beide in der Glasfabrik«, erklärte Mirko mit belegter Stimme. »Die Fabrik ist fast pleite und die Arbeiter haben seit Wochen keinen Lohn bekommen. Mein Vater hat sich schon Geld von Freunden geliehen, und meine Mutter trägt zusätzlich morgens Zeitungen aus, um Geld zu verdienen. Aber das reicht nicht. Also hat mein Vater unser Erspartes genommen.«

Schweigend sahen Eule, Jakob und Luzie sich an.

Deshalb also war Mirko die letzten Tage so seltsam gewesen! Deshalb vergaß seine Mutter, ihm Pausenbrote zu schmieren und ihn rechtzeitig zur Schule zu schicken!

»Bestimmt geht es der Fabrik bald wieder besser«, versuchte Eule zu trösten.

Mirko nahm die geöffnete Weltkugel in die Hand. »Das glaube ich nicht«, sagte er und schniefte. »Wenn nicht ein Wunder geschieht, wird die Fabrik bald geschlossen und alle Arbeiter werden entlassen.« Er schluckte. »Und wenn das passiert, will mein Vater in seine alte Heimat zurück.«

Mirko sah seine Freunde ernst an. »Nach Kroatien, um dort neu anzufangen. Und wir Kinder sollen natürlich mit.«

Luzie stand in der Küche und goss heißes Wasser über den Teebeutel.

Ihr Vater stellte seine Aktentasche neben den Küchenschrank und hängte seine Anzugjacke über die Stuhllehne. »Seit wann kochst du mir denn Tee?«, fragte er und machte es sich in seinem Lieblingssessel bequem. »Hast du etwas ausgefressen?« Misstrauisch blickte er auf die Tasse hinab.

»Quatsch«, Luzie setzte sich auf die Lehne und sah ihren Vater mit großen Augen an. »Es geht um etwas Geschäftliches. Du hast doch jede Menge Geld in der Bank, oder?«

»Natürlich«, ihr Vater nippte am Tee. »Willst du etwa eine Taschengelderhöhung?«

»Nein.« Luzie kuschelte sich an ihren Vater. »Aber wenn du so viel Geld besitzt, kannst du das doch sinnvoll nutzen. Indem du die Glasfabrik im Nachbarort kaufst zum Beispiel!«

»Die Glasfabrik?« Luzies Vater zog die Stirn in Falten. »Da geht es um Millionen! Das Unternehmen ist doch bankrott.«

»Genau!«, tönte es vom Sofa her, wo Tobi lag und in einer Zeitschrift blätterte. »Der alte Schuppen taugt doch nichts mehr. Wird Zeit, dass die die Fabrik abreißen und auf dem Platz ein Fußballfeld errichten.«

»Und die Arbeiter?« Luzie sah ihren Bruder wütend an. »Jede Menge Leute verlieren ihre Jobs!«

»Da arbeiten doch eh nur Ausländer«, sagte Tobi gemein. »Vielleicht gehen die dann endlich wieder zurück, wo sie hingehören.«

»Du gehst doch auch nicht zurück in den Urwald, wo du hingehörst!«, erwiderte Luzie zornig und ihr Vater sah seinen Sohn streng an.

»So einen Schwachsinn will ich von dir nicht hören!«, sagte er. »Außerdem gehört Mirko hierher!«

»Genau!« Luzie sprang von der Lehne auf. »Und seine Familie auch. Ich will nicht, dass Mirkos Eltern arbeitslos werden und wegziehen müssen!«

Luzies Vater seufzte. »Es ist toll, dass du dich so für deinen Freund einsetzt. Aber das Geld in der Bank gehört nicht mir. Ich kann nicht einfach eine Fabrik davon kaufen.«

»Aber du könntest Mirkos Familie doch Geld leihen«, schlug Luzie vor. »Bis sie wieder Lohn bekommen.«

»Wenn das so einfach wäre«, sagte ihr Vater. »Aber eine Bank verleiht nur Geld, wenn man etwas Wertvolles besitzt. Etwas, das man hergeben kann, wenn man die Schulden nicht zurückzahlen kann. Und soweit ich weiß, haben Mirkos Eltern keinen wertvollen Besitz. Kein Haus, kein teures Auto. Sie wohnen in einer Mietwohnung und ihr Auto ist eine ziemlich rostige Klapperkiste.«

Damit hatte ihr Vater allerdings recht. Es war ungerecht, aber da war nichts zu machen. Traurig stapfte Luzie die Treppe zu ihrem Zimmer hinauf.

Ein Ausflug mit Hindernissen

Die Schüler standen schwatzend und lachend vor dem Haupteingang der Sparkasse. Ein Ausflug zur Bank war zwar öde, aber immer noch besser als ein Tag in der Schule!

»Gibt es was Neues von deinen Eltern?«, fragte Luzie Mirko.

Mirko hob die Schultern. »Leider keine guten Neuigkeiten«, gab er zur Antwort. »Mein Papa ist krank und bleibt heute zu Hause. Als ich eben losging, hat er sich nicht mal von mir verabschiedet! Ich konnte ihm gar nichts von unserem Ausflug erzählen.«

Die Murmel bog mit Mira und Gustav um die Ecke, und schlagartig erstarben alle Gespräche unter den Schülern.

»Was ist denn mit *der* passiert?«, flüsterte Jakob. Zur Feier des Tages steckte Frau Urmel in einem roten Anzug mit Krawatte, auf der Dollarscheine blinkten. Ihr mächtiger Haarberg war unter einem blauen Hut versteckt. Dazu trug sie einen bodenlangen Mantel, als wäre sie ein Geheimagent.

»Haben Sie Dagobert Ducks Schneider entführt?«, fragte Jakob, der immer sagte, was er dachte.

Die Murmel sah ihn abschätzig an. »Es gehört zum Erwachsenenleben dazu, dass man sich den Situationen angemessen kleidet«, meinte sie. »Aber das wirst du irgendwann auch noch lernen.«

In dem Moment wankte auf der anderen Straßenseite ein Mann im Nikolauskostüm vorbei. Obwohl es noch früh am Morgen war, war er betrunken und grölte lautstark.

»Bis zur Bescherung heute Abend solltest du aber wieder nüchtern sein, Nikolaus!« rief ihm Jakob zu und Frau Urmel zupfte entsetzt an ihrer Krawatte.

Auf einmal wurde ihr Gesichtsausdruck sanft

und sie lief mit ausgebreiteten Armen Luzies Vater entgegen. Er war gerade dabei, mit einem riesigen Schlüsselbund den Haupteingang zu öffnen.

»Mein lieber Herr Bankdirektor!« Die Stimme der Murmel klang seltsam süßlich, als hätte sie mit Rosenwasser gegurgelt.

»Werte Frau Urmel!« Luzies Vater schüttelte der Lehrerin die Hand und winkte die Kinder nach drinnen. In der kleinen Schalterhalle versammelten sich alle.

»Ich freue mich, euch in der Bank begrüßen zu dürfen!«, sagte Luzies Vater feierlich. »Zum heutigen Tagesablauf: Zunächst wird meine Mitarbeiterin Vanessa eure Ersparnisse entgegennehmen.« Er deutete zum Schalter hinüber, wo eine junge Frau stand und den Kindern nett zuwinkte.

»Das ist meine Tante!«, flüsterte die kleine Amelie stolz. Luzie senkte hastig den Blick. Sie hoffte, dass niemandem einfiel, dass der Direktor ihr Vater war. Ihr war das alles nämlich ziemlich peinlich.

»Danach wird es eine Siegerehrung geben«,

fuhr Luzies Vater fort. »Denn der größte Sparfuchs unter euch bekommt eine Urkunde und Malstifte!«

Jakob unterdrückte ein Kichern.

Luzies Vater redete bereits weiter. »Im Anschluss gibt es einen Imbiss in unserer Teeküche. Dann werdet ihr in Gruppen durch das Haus geführt. Ihr dürft hinter die Schalter und in die Bürozimmer schauen und den Tresorraum im Keller besichtigen. Vanessa und unsere Praktikanten Gustav und Mira kennen sich im Haus aus und können euch alles erklären.«

Bei dem Wort *Tresorraum* sahen ein paar Kinder begeistert auf. Luzie gähnte. Sie kannte das alles. Der Tresorraum war nichts weiter als ein kalter Raum mit Schließfächern, in die man auf keinen Fall hineingucken durfte.

»Am Ende der Führung treffen wir uns wieder und ihr bekommt ein kleines Abschiedsgeschenk.« Luzies Vater klang feierlich. »Ihr alle erhaltet als Erinnerung eine Münze aus echtem Silber!« Er hob eine Samtschachtel hoch, in der kleine Silbermünzen befestigt waren. Ein aufgeregtes Gemurmel breitete sich aus.

»Kinder, seid bitte leise und teilt euch in drei Gruppen auf!«, übernahm die Murmel das Wort.

Schnell stellten sich Jakob, Eule, Luzie und Mirko in einem Kreis zusammen. Amelie und der dicke Rainer kamen auch dazu.

Aufmerksam beobachtete Luzie, was Gustav machte. Hoffentlich würde er nicht ausgerechnet ihre Gruppe anführen! Aus dem Augenwinkel sah sie, wie er von der Murmel zur Nachbargruppe gesteckt wurde. Erleichtert atmete sie auf.

Vanessa übernahm die zweite Gruppe. Nun blieb nur noch Mira übrig.

Eule ächzte. »Mira oder Gustav. Das ist wie die Wahl zwischen Hühnerpest und Rinderwahnsinn.«

Aber sie hatten keine Zeit, sich weiter über ihr Schicksal zu beklagen, denn Vanessa sammelte bereits die Spardosen ein. Sie leerte die Münzen in den Automaten, und auf einer Tafel erschien in roten Zahlen, wie viel sich in der jeweiligen Büchse befand.

»24 Euro, 43 Cent!«, schmetterte Vanessa

und reichte lächelnd die geleerte Sparbüchse zurück.

»38 Euro, 10 Cent«, ging es weiter.

Schließlich war Eule an der Reihe.

»2 Euro, 30 Cent«, sagte Vanessa mit verblüfftem Gesicht. Dann beugte sie sich über den Münzzähler. »Moment! Falsch! 2 Euro, 30 Cent und ein gelbes Smartie!«

Die umstehenden Kinder lachten.

Luzie verdrehte die Augen. Die vier hatten ihre Ersparnisse zusammengelegt und geteilt, damit niemand sich vor den anderen blamieren musste, weil er gar nichts besaß. Aber jetzt blamierten sie sich alle vier!

»2 Euro, 30 Cent.« Jakobs Geld verschwand im Zähler.

»2 Euro, 30 Cent.« Luzie war an der Reihe und erntete einen entsetzten Blick von ihrem Vater.

Als Letzter war Mirko an der Reihe. »2 Euro, 30 Cent«, schloss Vanessa das große Sparschweinschlachten ab. »Ich denke, wir haben einen Sieger. Mit 86 Euro und 50 Cent hat Rainer den höchsten Betrag angespart!«

Irgendjemand klatschte und Rainer nahm mit hochrotem Kopf eine Schachtel Buntstifte für Kinder ab drei Jahren entgegen.

»Leider muss ich euch nun verlassen«, entschuldigte sich Luzies Vater. »Ich muss zu einem sehr wichtigen Gespräch!«

Er schüttelte Frau Urmel die Hand und verschwand nach oben in den ersten Stock.

Vanessa übernahm die Führung. »Jetzt essen wir erst mal eine Runde. Und dann beginnen die einzelnen Gruppenleiter mit der Führung durchs Haus.«

Mira rückte eine glitzernde Haarspange in ihrer Frisur zurecht. »Jetzt passt mal auf«, sagte sie leise und starrte auf ihre Gruppe hinab. »Wir opfern einen ganzen Vormittag, um euch Würmer in dieser langweiligen Bude herumzuführen. Ich hoffe, euch ist klar, dass wir dafür eine Belohnung erwarten.«

Gustav war neben seine Freundin getreten und legte den Arm um ihre Schulter. »Ganz richtig«, fuhr er fort. »Mira und ich haben entschieden, dass die Münzen uns gehören. Ihr könnt sie mir morgen in der Pause übergeben.«

Er legte den Finger auf die Lippen. »Und pst! Kein Wort zu den Lehrern.«

Jakob tippte sich an die Stirn. »Die Silbermünzen sind aber ein Geschenk für uns!«, antwortete er mutig. »Das ist Diebstahl. Wenn das auffliegt, kriegt ihr echt Probleme!«

Für einen Moment wirkte Mira eingeschüchtert. Dann aber setzte sie ein falsches Lächeln auf.

»Das werden wir ja sehen!«, zischte sie Jakob zu.

Gustav nickte. »Ganz genau!«, sagte er. »Das werden wir sehen.« Dann drehte er sich um und ging hocherhobenen Hauptes zu seiner eigenen Gruppe zurück.

Eine unerwartete Ruhestörung

»Ich kann diese miese Schlange Mira einfach nicht leiden!«, flüsterte Eule, als sie im Gänsemarsch die schmale Treppe zum Tresorraum hinunterliefen. Während die anderen oben unterwegs waren, sollte Mira ihrer Gruppe die Schließfächer im Keller zeigen.

Sie sperrte die dicke Panzertür auf und scheuchte die Kinder in den Raum. Dann setzte sie sich auf den einzigen Stuhl und feilte sich mit einer Nagelfeile die künstlichen Nägel.

»Du sollst uns doch was über den Tresorraum erzählen«, sagte Jakob und schob seine Hände in die Hosentaschen. Es war kalt hier unten und ungemütlich.

Mira verdrehte die Augen. »Wer nicht bezahlen will, bekommt auch keine Führung«, sagte sie schnippisch. Sie sah auf ihre neue Armbanduhr. »Puh. Zehn Minuten sind hier eingeplant.

Es stört euch doch nicht, wenn ich mich ein bisschen ausruhe?«

Sie zauberte einen MP3-Player aus der anderen Hosentasche und verstöpselte sich beide Ohren.

»Vielleicht erhält sie über diesen Weg Botschaften von ihrem Heimatplaneten«, überlegte Eule leise. »Botschaften vom Planet Pinky-Winky für völlig hirnlose Glitzerpüppchen.«

»Dafür, dass sie doof ist, kann sie nichts«, flüsterte Jakob. »Aber die Sache mit der Erpressung ist echt gemein. Wir sind die einzigen Menschen, die eine Führung durch eine Bank machen, ohne irgendetwas Neues oder Interessantes zu erfahren!«

Luzie seufzte. »Ich wette, Mira kennt sich kein bisschen aus«, stellte sie fest. »Auch wenn wir ihr versprochen hätten, ihr die Münzen zu geben, hätte sie nichts erklärt. Ich bin sicher, sie hat in ihrem Praktikum überhaupt nichts gelernt.«

»Das glaube ich auch«, murmelte Eule. »Die Murmel hätte auch gleich den Schirmständer zu unserem Gruppenleiter ernennen können.

31
32
33
34
35
36
37
38
39
22
23

Oder den Tafelschwamm. Der müsste so ungefähr den gleichen Intelligenzquotient wie Mira haben.«

Luzie räusperte sich. Sie war mit ihrem Vater schon ein paar Mal hier gewesen. »In den Schließfächern dort sind Wertgegenstände untergebracht«, fing sie an zu erklären. Sie deutete zu den Fächern hinüber, die die gesamte Raumwand bedeckten. »Manchmal sind es richtig kostbare Dinge – zum Beispiel Goldbarren oder ein Schmuckstück. Manchmal sind es aber auch Gegenstände, die nur für den Besitzer wertvoll sind: ein altes Fotoalbum zum Beispiel oder ein Tagebuch.«

»Echt?«, sagte Mirko ungläubig. »Es gibt wirklich Leute, die ihr Fotoalbum in der Bank einschließen?«

»Na ja«, Luzie grinste. »Kommt zwar nicht häufig vor, aber alles ist möglich. Mein Vater hat mir mal von einer Kundin erzählt, die eine getrocknete Salami einschließen ließ.«

Die Kinder lachten und Mira sah missbilligend auf.

»Eule, so ein Fach wäre doch eigentlich ein

prima Süßigkeitenlager!«, sagte Jakob scherzhaft und stieß Eule an.

»Lass das!« Ertappt rückte Eule ihre Brille zurecht. Sie war gerade dabei gewesen, das Gestell abzunehmen, um einen heimlichen Blick ins Innere der Schließfächer zu werfen.

»Und was ist in dem Tresor da drüben?«, fragte Amelie.

»Da sind die Tageseinnahmen gelagert«, sagte Luzie. »Abends wird das Geld von einer Sicherheitsfirma abgeholt.«

»Und wer hat den Schlüssel zum Tresor?«, wollte Eule wissen.

Luzie öffnete den Mund. Dann schloss sie ihn wieder, weil ein lauter Knall die Luft durchschnitt. Es hörte sich an, als wäre über ihnen ein riesiger Luftballon mit einer spitzen Nadel zum Platzen gebracht worden!

Danach war es still. Aber gleich darauf brach über ihren Köpfen lauter Tumult aus und man hörte Geschrei und hastiges Getrampel.

Mira riss sich die Stöpsel aus den Ohren. »Was habt ihr jetzt wieder angestellt?«, rief sie.

»Das kam von oben«, sagte Jakob, der sich

als Erster von dem Schreck erholte. Er deutete zur Treppe. »Da scheint irgendwas in die Luft geflogen zu sein!«

Mira fächelte sich Luft zu. Alle Farbe war aus ihrem Gesicht gewichen. Mit den schwarz getuschten Augen sah sie auf einmal aus wie ein Gespenst.

»Und jetzt?«, Mirko wirkte verängstigt.

Reglos starrten sich die Kinder an. Keiner sagte ein Wort.

Das Geschrei im Schalterraum über ihnen hörte auf und es waren keine Schritte mehr zu hören. Eine unheimliche Stille kroch zu ihnen in den Tresorraum hinab, und man hörte nur mehr das eklige Geräusch von knackendem Plastik, als Mira an ihren künstlichen Nägeln knabberte.

»Vielleicht eine Bombe!«, flüsterte Rainer und zupfte an seinem Ohrring herum.

»Hat mein Papa euch gesagt, was ihr in einem Notfall machen sollt?«, fragte Luzie und sah Mira hoffnungsvoll an. Sie wusste, dass es Notausgänge gab. Außerdem versteckte Rufknöpfe, mit denen man die Polizei alarmieren konnte. Aber wo all diese Gänge und Knöpfe sich befanden, hatte ihr Vater ihr nie gezeigt!

Mira starrte verzweifelt auf ihre schneeweißen Turnschuhe hinab. »Wir hatten erst letzte Woche einen Probealarm …«, sagte sie kleinlaut und schnappte nach Luft. »Aber da habe ich gerade eine Zigarettenpause auf der Toilette gemacht … Um Himmels willen! Wenn das ein echter Überfall ist!«

»Quatsch!«, sagte Jakob und lachte. Aber sein Lachen klang schief, und man merkte, dass er nur so tat, als hätte er keine Angst. »Wenn es ein Überfall wäre, wäre doch längst jemand nach unten gekommen. Ich meine, hier wird schließlich die ganze Kohle gelagert. Wahrscheinlich ist bloß der Teekessel in der Kantine in die Luft geflogen. Und wir stehen hier und frieren uns die Ohren ab!«

Auf der Treppe zum Tresorraum waren Schritte zu hören.

»Seht ihr, schon kommt jemand, um uns zu holen.« Jakob hörte auf zu sprechen, als ein großer Mann im Türrahmen erschien. Er trug ein Nikolauskostüm und sein Gesicht war hinter einem weißen Bart und einer spiegelnden Sonnenbrille komplett verborgen.

Mit der linken Hand zog der Nikolaus Vanessa hinter sich her. In der rechten Hand hielt er einen Sack, den er auf den Boden warf. Dann zog er eine Pistole aus der Manteltasche. Sie fiel ihm aus der Hand und die Waffe schlitterte mit einem kratzenden Geräusch über den Boden. Hastig bückte sich der Mann, hob die Waffe wieder auf und schob sie in seine Manteltasche zurück.

»Verhaltet euch ruhig, das ist ein Überfall«, sagte Vanessa. Sie klang angespannt. »Setzt euch alle in die Ecke und rührt euch nicht.«

Die Kinder verzogen sich eilig in die Ecke und setzten sich auf den Boden. Nur Mira blieb stehen.

Mit aschfahlem Gesicht deutete sie zu ihrer Gruppe hinüber. »Sechs Geiseln sind doch wohl mehr als genug!«, sagte sie schrill und sah den Einbrecher flehend an. »Bitte lassen Sie mich gehen! Ich werde Sie auch ganz sicher nicht verraten!«

Der Nikolaus schüttelte den Kopf.

»Bitte setz dich!«, wiederholte Vanessa streng. »Ich werde dem Herrn die Wertsachen aushändigen und bin sicher, dass er gleich wieder verschwindet und uns nichts tun wird.«

Mira sah aus, als würde sie jeden Moment zu heulen beginnen. Sie wollte noch etwas sagen, ging dann aber mit hängenden Schultern zu den Kindern hinüber.

»So eine dumme Pute!«, murmelte Eule verärgert. »Wenn sie Pech gehabt hätte, hätte der Bankräuber sie glatt erschossen!«

Jakob schüttelte den Kopf. »Habt ihr es nicht bemerkt, als die Waffe auf den Boden fiel? Die Pistole ist aus Plastik!«

Luzie musterte den Einbrecher erstaunt. Erst jetzt fiel ihr auf, dass der Mann verzweifelt wirkte. Er schwitzte und sein linker Mundwinkel zitterte. Mit hängenden Schultern stand er neben der Bankangestellten und sah zu, wie sie das erste Schließfach öffnete.

Der Tresorraum wird geplündert

Die Kinder saßen dicht aneinandergedrängt in der Ecke des Tresorraums und beobachteten den Einbrecher.

Vanessa öffnete in Windeseile die einzelnen Schließfächer.

»Vielleicht sind da überall nur getrocknete Salamischeiben drin«, flüsterte Eule. »Salami und langweilige Tagebücher.«

Aber der Mann hatte Glück. Schon im vierten Fach war eine Sammlung Brillantringe, die im braunen Sack verschwanden.

Eilig machte Vanessa mit dem nächsten Fach weiter.

»Wieso redet der denn gar nichts?«, flüsterte Mirko. »Vielleicht ist er stumm!«, überlegte Eule.

»Wahrscheinlich ist er einfach nur betrunken«, sagte Jakob.

»Heute früh ist doch so ein besoffener Nikolaus an uns vorbeigetorkelt!«, fiel Eule ein. »Wahrscheinlich ist dieser ganze Banküberfall nichts weiter als eine Schnapsidee!«

Luzie schüttelte den Kopf. Sie konnte sich gut an den grölenden Mann erinnern. Dieser hier war alles andere als betrunken. Er war zwar ziemlich aufgeregt und stellte sich schusselig an, aber trotzdem wusste er genau, was er tat. Eben verschwand der Inhalt des sechsten Fachs im Sack.

»Das wäre doch die Gelegenheit, unsere Superkräfte vorzuführen!«, schlug Jakob leise vor. »Ich mache mich unsichtbar und überwältige ihn. Luzie sperrt ihm den Weg mit einem Feuerschwall ab und ...«

Luzie schüttelte den Kopf. »Das ist viel zu riskant. Die Waffe ist vielleicht aus Plastik, aber wir wissen nicht, ob der Mann nicht doch gewalttätig werden kann! Außerdem wäre unser Geheimnis dann für immer gelüftet. Hier sind jede Menge Leute, die die Klappe bestimmt nicht halten würden.«

Sie sah zu Mira hinüber, die an der Wand

kauerte und wie ein Kaninchen auf ihren Lippen herumkaute.

»Na toll«, sagte Jakob missmutig. »Das heißt, wir müssen jetzt tatenlos zusehen, wie der Nikolaus die Bank ausraubt! Unverschämt. Normalerweise ist es doch genau umgekehrt, und der Nikolaus bringt Geschenke, anstatt sie zu holen!«

Luzie warf einen verstohlenen Blick zur Tür. »Bestimmt ist die Polizei gleich da«, flüsterte sie. »Der Kerl wird es nie schaffen, die Bank mit der ganzen Beute zu verlassen!«

Jetzt deutete der Einbrecher zum Tresorschrank hinüber und eilig sperrte Vanessa ihn auf.

»So viel Geld!«, Mirko blieb der Mund offen stehen.

Luzie seufzte. Ganze Geldstapel waren in dem Schrank gelagert. Geld, das nun mit dem falschen Nikolaus verschwinden würde. Wenn Luzies Vater das geahnt hätte, hätte er das Geld vielleicht doch Mirkos Familie geliehen ...

Offenbar war der Nikolaus fertig mit seiner Diebestour. Der Sack war prall gefüllt. Mit einer Handbewegung schickte er Vanessa zu den anderen in die Ecke und machte ihnen Zeichen, sich nicht zu bewegen. Dann verschwand er nach draußen und zog die schwere Tür zum Tresorraum hinter sich zu.

Vanessa seufzte. »Wir sollten lieber hierbleiben, bis wir sicher sind, dass er weg ist«, sagte sie.

»Ich will aber nicht erfrieren!«, kreischte Mira auf. Die Aufregung hatte deutliche Spuren bei ihr hinterlassen: Miras hübsche Frisur sah inzwischen ziemlich zerzaust aus und ihr Gesicht wirkte zerknautscht. Sie hatte Ähnlichkeit mit einem Pudel, der von einem Dobermann nach dem Weg gefragt worden war.

»Keiner wird erfrieren!«, beruhigte Vanessa die Kinder. »Ich bin sicher, wir werden jeden Moment ...«

Sie hatte den Satz noch nicht zu Ende gesprochen, da wurde die Tür geöffnet. Zwei Polizisten leuchteten mit Taschenlampen in den Raum hinein.

»Zielpersonen gefunden«, sagte der Kleinere der beiden in sein Funkgerät. Er knipste seine

Taschenlampe aus und sah erleichtert aus. »Alle in Ordnung?«

»Ja. Wir haben nur einen mächtigen Schrecken bekommen!«, sagte Vanessa.

»Haben Sie ihn geschnappt?«, fragte Jakob neugierig.

Der größere Polizist nickte. »Ja, der Dieb wird gerade oben in der Halle festgenommen!«

Erleichtert machte sich die Gruppe auf den Weg nach oben.

Sie traten ins helle Licht der Halle zurück.

»Ich brauche sofort ein Glas Wasser!«, stöhnte Mira dramatisch. Vanessa gab ein leises Seufzen von sich. »Kommt sofort«, sagte sie. Mira ging hinüber zu dem leeren Schalter und ließ sich in einen Bürostuhl sinken.

Luzie sah ihr nach. Keiner der Schalter war mehr besetzt — offenbar hatte der Bankräuber alle Personen, die sich in der Halle befunden hatten, nach draußen geschickt und nur Vanessa zurückbehalten. In der Luft lag ein Geruch nach Schwefel und Rauch. Der Dieb hatte eine Rauchbombe gezündet!

Links auf dem Tisch, an dem Mira jetzt saß,

stand noch die Schatulle mit den Silbermünzen. Gegenüber auf dem Tresen waren die geleerten Spardosen der Schüler aufgereiht.

»Pfoten weg!«, ein dumpfes Brüllen ließ Luzie herumfahren.

»Hoffentlich wandert er direkt in den Knast!«, sagte Eule und zeigte zu den Polizisten hinüber, die dem bärtigen Nikolaus gerade Handschellen anlegen wollten. Der Kerl wehrte sich mit Händen und Füßen. »Pfoten weg!«, wiederholte er und torkelte gefährlich.

Luzie schüttelte den Kopf. »In den Knast gehört der nicht«, sagte sie.

Eule blickte ihre Freundin verdutzt an.

»Eher in eine Ausnüchterungszelle«, fuhr Luzie fort. »Das da ist nicht der Verbrecher, sondern der betrunkene Typ von heute Morgen. Er hat bestimmt nichts mit dem Überfall zu tun!«

»Meinst du wirklich?« Mirko kratzte sich am Kopf. »Na ja, du könntest recht haben. Der Kerl da drüben ist irgendwie kleiner. Außerdem trägt er keine Sonnenbrille.«

Eine dunkelhaarige Beamtin machte sich daran, den schweren braunen Sack des Nikolaus zu öffnen.

»Ich bin unschuldig!«, lallte der Nikolaus und fiel beinahe um.

»Das werden wir ja sehen«, meinte die dunkelhaarige Polizistin. »Möchte mal wissen, wie Sie uns das hier erklären!« Sie kippte den Sack aus.

Äpfel, Nüsse und Lebkuchen ergossen sich wie eine Lawine über den blank geputzten Boden der Sparkasse.

»Aber das gibt es doch nicht!« Die Polizistin schlug sich fassungslos die Hand vor den Mund.

»Ich bin unschuldig!«, wiederholte der Nikolaus. »Wollte nur eben was auf mein Girokonto einzahlen!«

»Wir haben den falschen Mann festgenommen!«, sagte der kleine Polizist in sein Walkie-Talkie. Luzie konnte erkennen, wie er vor Ärger die Hand zur Faust ballte.

Unter Verdacht

Mit fassungslosen Gesichtern saßen Eule und Luzie vor dem Fernseher und starrten auf den Bildschirm, wo gerade Miras Gesicht in Großaufnahme gezeigt wurde.

»Der Verbrecher war extrem gewalttätig!«, hauchte Mira in die Kamera. »Er hat getobt und war völlig außer sich. Er hätte mich und die kleinen Kinder alle erschossen, wenn wir nicht Ruhe bewahrt hätten!« Sie wischte sich eine unsichtbare Träne aus dem Auge und sah in die Kamera. »Dieser Mann muss gefasst und für den Rest seines Lebens eingesperrt werden. Denn nach diesem schrecklichen Erlebnis werde ich Jahre brauchen, um mich wieder zu erholen!«

Der Sender schaltete um auf eine hagere Sprecherin im Studio. »Mira ist eine der Schülerinnen, die den heutigen brutalen Überfall auf eine Bank im Stadtzentrum heil überstanden haben«, sagte sie. »Der Bankräuber ist noch unter uns. Aber ich bin sicher: Die Polizei wird ihn innerhalb weniger Stunden fassen. Alles wird gut!«

Eule schaltete den Fernseher aus. »Ist die Zicke noch ganz richtig im Kopf?«, fluchte sie. »Kleine Kinder! Und von wegen gewalttätig! Der Typ hatte eine Plastikpistole und hat nicht einen Mucks von sich gegeben. Wenn du mich fragst, war das irgendein Penner, der dringend Geld brauchte!«

Luzie griff in die Dose mit Erdnüssen. Sie war über Miras gekünstelten Auftritt so wütend, dass beinahe Flammen in ihrem Rachen aufstiegen. Geröstete Erdnüsse, darauf hatte sie im Moment keinen Appetit!

»Ein Interview im Fernsehen!«, schimpfte sie. »Dafür, dass sie uns erst erpresst hat und sich dann einfach aus dem Staub machen wollte. Eigentlich müsste man allen erzählen, was für eine fiese Kuh sie wirklich ist.«

Eule nickte. »Eine fiese Kuh und ein Angsthase noch dazu!«

»Wer ist ein Angsthase?« Luzies Vater kam ins Wohnzimmer. Ohne eine Antwort abzuwarten, ließ er sich in den Sessel fallen und sah die zwei Mädchen ratlos an.

»Ausgerechnet an so einem schönen Tag ein Überfall!«, ächzte er erschöpft. »Die Hälfte der Schließfächer leer geräumt, das Geld aus dem Tresor weg. Sogar eure Silbermünzen hat der dreiste Dieb mitgenommen. Dann ist er in seinem Kostüm seelenruhig verschwunden.

Und das, wo es heute in der ganzen Stadt nur so von Nikoläusen wimmelt!«

»Die Silbermünzen?«, entfuhr es Luzie. »Aber die waren doch ...«, sie schwieg. Sie war ganz sicher, dass sie Mira direkt neben der Schatulle hatte sitzen sehen ...

»Die Polizei verfolgt jede Spur«, fuhr ihr Vater fort. »Ich bin sicher, dass sie bald Ergebnisse haben.« Er zündete sich eine Zigarette an, was er nur machte, wenn er sich sehr aufregte. »Dabei gäbe es eigentlich Grund zum Feiern!«, sagte er. »Denn stell dir vor, Luzie: Kurz vor dem Überfall hat oben in meinem Büro ein reicher Geschäftsmann die Papiere zum Kauf der Glasfabrik unterzeichnet. Er wird alle Arbeiter übernehmen und versuchen, den Laden wieder fit zu bekommen. Aber diese tolle Nachricht ist bei all dem Trubel einfach untergegangen!«

Luzie strahlte ihren Vater an. »Wirklich? Die Fabrik ist gerettet?« Die Wut über Miras dramatischen Auftritt im Fernsehen war augenblicklich verflogen.

Eule sprang auf. »Das ist ja prima! Das müssen wir sofort Mirko erzählen!«

Als Eule und Luzie Mirkos Wohnung erreicht hatten, riss der kleine Zoran sofort die Tür auf.

»Unser Papa ist verrückt geworden!«, sagte er stolz und schwang ein Plastikschwert vor ihren Nasen.

Eule runzelte die Stirn. »Ich dachte, er ist krank.«

»Bestimmt ist er wegen der Geldsorgen deprimiert«, überlegte Luzie.« Ich wette, er wird Luftsprünge machen, wenn er die gute Neuigkeit erfährt!«

Die beiden Mädchen gingen direkt in die Küche, wo Mirko über einer Tasse Kakao saß und ins Leere blickte. Als er seine Freundinnen bemerkte, huschte ein Lächeln über sein Gesicht. Dann wurde er gleich wieder ernst. »Hallo«, begrüßte er sie düster. »Stellt euch vor: Mein Vater ist ...«

»... verrückt geworden!«, beendete Luzie den Satz und setzte sich Mirko gegenüber. Sie nahm seine Tasse und trank daraus. »Kein Wunder nach all den Problemen. Aber wir kommen mit super Neuigkeiten! Halte dich fest: Heute Morgen hat sich ein neuer Besitzer für die Glasfabrik gefunden. Der Betrieb geht normal weiter und niemand verliert seinen Arbeitsplatz!«

Die Überraschung in Mirkos Gesicht blieb aus. »Aber das ist ja das Beunruhigende!«, murmelte er. »Das wissen wir schon! Mein Vater hat es heute Mittag erfahren. Meine Mama hat angerufen, um ihm die Neuigkeit zu erzählen. Aber statt sich zu freuen, hat er sich ins Schlafzimmer eingesperrt. Dort sitzt er seit bestimmt vier Stunden und starrt die Wand an!«

»Da scheint echt was faul zu sein«, sagte Eule. Sie nahm Luzie die Kakaotasse aus der Hand und trank den Rest aus.

Mirko seufzte. »Vielleicht hat er Fieber. Als ich heute Mittag nach Hause gekommen bin, wollte ich ihm von dem Überfall erzählen. Immerhin waren wir so was wie Geiseln! Aber er wollte überhaupt nichts davon wissen.« Sein Gesicht war ratlos. »Er saß nur da und hat die Tapete angestarrt!«

Eule nahm ihre Brille ab und rieb sich die Augen. »Wirklich seltsam«, gab sie zu. »Meine Eltern haben sich angestellt, als hätte ich einen Vulkanausbruch überlebt. Sie wollten alles ganz genau wissen!« Sie legte ihre Brille auf der Tischplatte ab. »Vielleicht hat er einen Schock. Erst übersteht sein Sohn heil einen Überfall, dann wird sein Arbeitsplatz gerettet. Und das alles an einem ...« Sie hörte auf zu sprechen und ihr Gesicht nahm einen seltsamen Ausdruck an.

»Was hast du?« Luzie folgte dem starren Blick ihrer Freundin. Eules Augen waren auf einen Holzschrank gerichtet.

»Was schaust du so entgeistert?«, fragte Mirko. »Das ist bloß ein Dokumentenschrank. Da hat unser Vater alle wichtigen Unterlagen verstaut.« Er grinste. »Deshalb auch das schwere Schloss davor. Zoran würde sonst aus den Kontoauszügen und Verträgen Konfetti machen!«

Eule räusperte sich. »Ich glaube, mir ist schlecht«, flüsterte sie. »Luzie, kannst du mich ins Bad begleiten?«

Luzie stand auf und half ihrer Freundin hinaus.

Sie schlossen die Badezimmertür hinter sich ab.

»Was hast du?« Luzie sah Eule besorgt an. »Wieder mal nur saure Drops und Popcorn zu Mittag gegessen?«

Aber Eule war überhaupt nicht zum Lachen zumute. »Von wegen«, flüsterte sie und setzte sich auf den Wannenrand. »Als ich die Brille abgenommen habe, hat sich mein Röntgenblick eingestellt. Und rate mal, was ich in dem Holzschrank entdeckt habe!«

Luzie grinste. »Ein Ballettkostüm?«

»Nein.« Eule sah Luzie ernst an. »Einen Nikolaussack, der bis zum Rand mit Geld und Schmuck gefüllt war.«

Guter Rat ist teuer

»Seid ihr sicher?« Jakob versuchte leise zu sprechen. Seine Mutter stand nur zwei Meter entfernt und telefonierte.

»Tausendprozentig!«, bestätigte Eule und spielte mit einer silbernen Klangkugel, die in einem Korb mit Sonderangeboten lag. Die beiden Mädchen hatten sich schleunigst auf den Weg zu Jakob gemacht, der heute bei seiner Mutter im Laden war.

»Deshalb hat der Einbrecher auch kein Wort gesagt«, erklärte Eule. »Und deshalb war er so aufgeregt, als er seinen Sohn in der Gruppe entdeckte!«

Das Telefonat war beendet und Jakobs Mutter trat zu ihnen.

»Ihr habt auch bestimmt keinen Schock erlitten?«, fragte sie besorgt und fuhr Jakob durchs Haar.

Luzie schüttelte den Kopf. »Der Kerl hatte bloß eine Plastikpistole. Mira hat im Fernsehen total übertrieben.«

Jakobs Mutter schien nicht zuzuhören. »Das tapfere Mädchen! Und so hübsch! Hoffentlich wird der Mann geschnappt und für immer eingeschlossen.« Sie ging zur Kasse hinüber.

Die Kinder sahen sich betroffen an.

»Wie sollen wir vorgehen?«, fragte Jakob und nahm Eule die Klangkugel ab. Sie gab einen metallischen Laut von sich, als er sie in den Korb zurücklegte.

»Vorgehen?« Enttäuscht blieb Eules Blick auf der Kugel kleben. »Ach, das ist alles? Da sind ja nur kleine Glöckchen drin! Ist ja langweilig!« Sie wandte den Blick von den Klangkugeln ab und schob ihre Brille wieder hoch.

»Wir brauchen einen Plan!«, drängte Luzie zur Eile. »Auch wenn Mirkos Papa oft ungerecht zu seinen Kindern ist: Wir wissen, dass dieser Überfall eine Verzweiflungstat war! Er wollte seine Familie retten.« Eule verdrehte die Augen. »Ja, ja. Schon klar. Aber Bankraub bleibt nun mal Bankraub. Außerdem ist Mirkos Vater viel zu streng. Warum können wir mit unseren Superkräften nicht mal eine nette Person retten?«

Eule hatte recht. Das letzte Mal hatten sie Tobi, Luzies ekligem Bruder, aus der Patsche geholfen.

»Wir machen es doch für Mirko«, brummte Jakob. »Überlegt mal, was los wäre, wenn sein Papa in den Knast müsste!«

Luzie nickte. »Das wäre schlimm. Aber Mirko darf auf keinen Fall erfahren, dass sein Vater der Einbrecher war! Niemals!«

Dreißig Minuten später trafen sich Eule und Jakob in der Siedlung mit den Mietskasernen.

»Ich weiß nicht, ob dieser Plan klappen wird«, sagte Jakob zweifelnd und ließ eine Kaugummiblase platzen.

Aber Eule wirkte zuversichtlich. »Es muss einfach funktionieren. Außerdem haben wir gar keine andere Wahl, denn bestimmt dauert es nicht mehr lange, bis die Polizei eine heiße Fährte hat. Es ist also allerhöchste Zeit, dass wir ein paar Beweisstücke verschwinden lassen!«

Sie klingelte an der Wohnungstür.

Diesmal öffnete Mirko selbst. »Ihr schon wieder?« Er sah Jakob und Eule verblüfft an. »Geht es dir wieder besser, Eule?«

Eule nickte und spazierte in Richtung Küche. »Wir sind gekommen, um eine Runde Uno zu spielen!«, sagte sie. »Letztes Mal hast du gewonnen, aber diesmal siege ich!«

Mirko sah etwas verwirrt aus, aber er holte die Karten. »Wo habt ihr denn Luzie gelassen?«, fragte er.

»Ihr Vater will nicht, dass sie bei Dunkelheit draußen ist«, log Eule und legte die erste Karte auf den Tisch. »Es ist zwar erst fünf, aber draußen ist es schon richtig Nacht.«

»Komisch, ich dachte, das wäre ihm egal!« Jakob legte eine Null auf den Stapel. Jetzt durfte er seine Karten tauschen und wählte Eules Spiel.

»Na prima.« Eule schob ihre Karten über den Tisch. Aber Mirko kam nicht dazu, sie zu nehmen, denn unten auf der Straße gingen plötzlich Sirenen los. Es war ein langer heulender Klang, der immer lauter wurde.

»Was ist denn da los?« Eilig stand Mirko auf und ging zum Fenster. Er öffnete es und streckte den Kopf hinaus.

»Wahnsinn!«, murmelte er. »Das alte Bushäuschen brennt!«

Das alte Bushäuschen am Ende der Straße kannte jeder im Ort. Seit Jahren wurde es nicht mehr genutzt und sollte schon längst abgerissen werden.

Jakob und Eule wechselten einen erleichterten Blick.

»Lass mal sehen!« Eule stellte sich neben Mirko ans Fenster. Das Bushäuschen loderte in hellen Flammen und einige Passanten standen neugierig darum herum. In der Ferne sah man das Blaulicht der anrückenden Feuerwehrautos. Luzie war nirgends zu sehen. Eule atmete auf.

Doch dann wurden ihre Augen groß. Moment mal! Von hier oben konnte man direkt auf den Trampelpfad sehen, der von der Bushaltestelle in den Stadtpark führte. Und genau über diesen Trampelpfad stahl sich Luzie gerade davon!

BANK
H
19
17
15

Mit beiden Händen packte Eule Mirko an der Schulter und riss ihn nach unten.

»Aua!« Mirko sah Eule entgeistert an. »Spinnst du?«

»Ich wollte dich nur ... beschützen«, stotterte Eule. Sie wusste nicht weiter und sah Jakob flehend an. Der stellte sich nun ebenfalls ans Fenster. Offenbar hatte auch er Luzie sofort entdeckt, denn er ließ eilig den Rollladen herunter.

»Was soll das denn?«, fragte Mirko verdattert und stand wieder auf.

»Ist doch besser so«, erklärte Jakob. »Dann kommt der Gestank wenigstens nicht in die Wohnung herein.«

Aber Mirko ließ sich nicht für dumm verkaufen. Er zog den Rollladen nach oben, als zwei Feuerwehrautos um die Ecke rasten. Keine Minute später fuhr ein Polizeiauto vorbei.

»Wir bitten alle Bewohner, ihre Wohnungen zu verlassen und sich in der Turnhalle der Schule einzufinden!«, dröhnte es durch den Lautsprecher. »Achtung, das ist ein Notfall! Bitte verlassen Sie augenblicklich die Wohnungen und bringen Sie sich in der Turnhalle der Schule in Sicherheit!«

»Sind jetzt alle verrückt geworden?« Mirko wandte sich vom Fenster ab. »Wegen einem brennenden Bushäuschen!« Er rief nach seinen Geschwistern. »Ich kapiere zwar nicht, was hier so gefährlich sein soll, aber wir sollten schleunigst ...«

Mirko hielt inne, als er seinen Vater im Türrahmen erblickte. Der Mann sah entsetzlich aus. Seine Augen waren rot und die Tränensäcke geschwollen.

»Wir müssen das Haus verlassen!«, sagte Mirko zu seinem Vater, der dastand und sich nicht vom Fleck bewegte. »Das ist eine Durchsage der Polizei!«

»Polizei?«, Mirkos Vater wurde noch blasser, als er sowieso schon war. Eilig klemmte er sich seinen jüngsten Sohn Zoran unter den Arm und machte sich auf den Weg ins Treppenhaus.

»Der Schlüssel steckt in seiner hinteren Hosentasche«, flüsterte Eule Jakob zu, als sie hinter Mirko und Milena ins Freie liefen. »Viel Glück!« Sie sah Jakob aufmunternd an.

Jakob zwinkerte ihr zu. »Sag Mirko, ich wäre nach Hause gegangen!« Er fuhr sich mit den Fingerspitzen über das Gesicht und war schlagartig wie vom Erdboden verschwunden.

Ein Plan wird ausgeführt

Jakob und Luzie warteten im Treppenhaus zum Keller, bis die letzten Bewohner das Haus verlassen hatten. Dann rannten sie wieder nach oben und schlossen die Wohnungstür auf.

»Los, los. Wir müssen uns beeilen!« Jakob sperrte den Schrank auf und zerrte den Sack mit dem Diebesgut heraus.

Luzie öffnete den Knoten, sah hinein und war für einen Moment wie geblendet. In einem wilden Durcheinander lagen die Wertsachen aufeinander: gebündelte Geldscheine und Münzen, Schmuckstücke und Edelsteine.

»Das Kostüm muss auch weg!«, entschied Jakob und grapschte nach dem Nikolausmantel, der in eine Ecke des Schrankes gestopft war.

Draußen wurden die Sirenen lauter. Immer mehr Feuerwehrautos schienen sich auf den Weg in die Siedlung zu machen.

»Höchste Zeit zu verschwinden!«, drängte Jakob. Er packte den Sack und schleifte ihn in Richtung Wohnungstür.

Dann blieb er wie angewurzelt stehen. Im Treppenhaus waren auf einmal laute, eilige Schritte zu hören. Es klang, als würde eine ganze Armee die Stufen nach oben jagen!

Panisch drehte sich Jakob zu Luzie um. Sie zerrten den Sack in die Küche zurück und lauschten angespannt. Die Schritte machten im Stockwerk unter ihnen Halt und eine dröhnende Männerstimme war zu hören. »Ist noch jemand da? Polizei!«

»Mist!« Jede Farbe wich aus Luzies Gesicht. Ihr Blick wanderte von Jakob zu dem übervollen Sack und wieder zurück. »Was machen wir jetzt?«

Jakob rieb sich die Stirn. »Erst mal cool bleiben!«, entschied er. Er dachte einige Sekunden schweigend nach. Dann ging er zu einem Haken hinüber, an dem einige Plastiktüten hingen. Er riss sie von der Wand und schaufelte mit fliegender Hast die gestohlenen Wertsachen hinein.

»Was tust du da?« Luzie beobachtete Jakob mit gerunzelter Stirn. Im Treppenhaus war ein lautes Husten zu hören. Es konnte nur noch Sekunden dauern, bis sich die Polizisten auf den Weg nach oben machten.

»Ich rette unsere *Spielsachen*«, erklärte Jakob. »Kapierst du?«

»Schon verstanden!«, sagte Luzie und warf eilig die Geldbündel in eine leere Plastiktasche. Den geleerten Sack knüllte sie mit rein, das Kostüm und der Bart wurden eben von Jakob in eine weitere Plastiktüte gestopft.

Jetzt waren wieder Schritte im Treppenhaus zu hören und schnell gingen Luzie und Jakob in den Flur. Mit großen Augen starrten sie den Polizisten an, der im Türrahmen haltmachte und streng auf sie zeigte. Zwei weitere Männer folgten ihm.

»Kinder, was macht ihr denn hier? Habt ihr die Durchsage nicht gehört?« Der Mann stemmte die Arme in die Seite. Sein Blick wanderte von Jakobs roten Haaren zu Luzies Zahnspange und blieb schließlich auf einer der übervollen Plastiktüten kleben.

»Doch, wir haben die Durchsage gehört!« Luzie sprach so schnell, als wollte sie einen Weltrekord brechen. »Aber wir wollten unsere Spielsachen retten!« Sie umklammerte die zwei Aldi-Tüten mit festen Händen und sah den Polizisten flehend an. Auch Jakob drückte seine Plastiktüten so fest an sich, als wären Goldbarren darin verpackt.

»Meine Barbiesammlung!«, quasselte Luzie weiter. »Die Rosen-Barbie, die Hochzeits-Barbie, Sport-Barbie und Windpocken-Barbie. Und Ken! Niemand kann von mir verlangen, dass ich Ken den Flammen überlasse!«

Der Polizist starrte sprachlos zu den beiden Kindern hinab. Seine Kollegen hinter ihm lachten.

»Schon gut«, unterbrach der erste Polizist Luzies Redeschwall. »Ich habe auch eine Tochter. Aber jetzt macht, dass ihr aus der Siedlung verschwindet! Hier kann es nämlich jeden Moment ziemlich brenzlig werden!«

»Wegen einer brennenden Bushaltestelle?«, fragte Jakob scheinheilig.

»Na ja«, der Polizist rückte seine Mütze zurecht. »Wir haben einen anonymen Anruf erhalten, dass unter der Bushaltestelle ein Lager mit alten Ölkanistern ist. Und wenn die in die Luft fliegen ...!« Er starrte an Jakob vorbei in die Wohnung hinein. »Die Häuser hier könnten verkohlen wie Bratwürste!« Der Vergleich schien ihn hungrig zu machen, denn sein Bauch knurrte wie auf Kommando.

»Das Haus kann meinetwegen verbrennen, aber nicht meine Barbies!«, sagte Luzie und schwenkte ihre Aldi-Tüten. »Los, Jakob! Ab in die Turnhalle!« Sie zwängte sich an den Männern vorbei.

»Moment mal!«

Ertappt drehte sich Luzie auf dem Treppenabsatz um.

Der Polizist bückte sich und hob etwas Glitzerndes vom Boden auf. »Dir ist da eben was aus der Tasche gefallen.«

Er warf einen kurzen Blick darauf und reichte Luzie den Gegenstand. Es war eine goldene Sportmedaille.

»Die gehört bestimmt Sport-Barbie«, sagte er gönnerhaft. »Ich kenne das von meiner Tochter. Jede dieser komischen Puppen hat noch ungefähr siebentausend Besitztümer.«

Wieder verfielen die Polizisten in hämisches Lachen.

»Danke«, krächzte Luzie und stopfte das verlorene Diebesgut in die Tüte zurück. »Vielen Dank!«

Als Jakob und Luzie das Haus endlich verlassen hatten, blieben sie für einen Moment stehen.

»Das war knapp!«, stöhnte Jakob.

»Und wie!«, Luzie spürte immer noch ihr Herz schlagen. Ihr Blick wanderte hinüber zum Bushäuschen, das von Löschfahrzeugen umstellt war.

»Wir müssen uns beeilen!«, sagte sie. »Die Bank schließt in einer halben Stunde und wir haben noch eine kleine Einzahlung zu tätigen.«

Eine Stadt in Aufruhr

»Die Ereignisse in unserer kleinen Stadt überschlagen sich!«, rief die dürre Nachrichtensprecherin, die vor dem Eingang der Bank stand und im aufkommenden Schneegestöber mit ihrem Mikrofon kämpfte. Endlich legte sich der Wind und die Frau hielt das Mikrofon vor sich wie eine Eistüte.

»Am gestrigen Montag erreichten uns die Meldungen im Minutentakt: Erst ein spektakulärer Banküberfall mit Geiselnahme am Morgen. Am Mittag dann die Nachricht von einer verhinderten Firmenpleite durch einen mutigen Investor. Am frühen Abend folgte ein Katastrophenalarm wegen eines Brandes und einer Falschmeldung über ein angebliches Öl-Lager.« Die Sprecherin schnappte hörbar nach Luft und das Mikrofon gab einen kreischenden Laut von sich. »Und auch heute reißen die Nachrichten nicht ab«, fuhr sie mit ihrer Ansprache fort. »In den frühen Morgenstunden haben Putzkräfte das gestohlene Diebesgut des gestrigen Überfalls gefunden. Der reuige Einbrecher hat die Wertsachen in Plastiktüten verpackt in der Putzkammer der Bank deponiert. Von dem Nikolauskostüm und dem Sack fehlt hingegen jede Spur. Obwohl gestern bis spät in die Nacht Wohnungen von Verdächtigen durchsucht wurden, konnten keine Hinweise auf den Täter gefunden werden.«

Eule stupste Luzie an. »Schade, dass niemand gefilmt hat, wie du das abbruchreife Bushäuschen in Brand gesetzt hast. Das wäre doch die Schlagzeile des Tages gewesen!« Sie grinste. »Eine Grundschülerin fackelt mit bloßem Mund eine Hütte ab. Bestimmt wärst du ins Guinness-Buch der Rekorde gekommen!«

Sie schwieg, als Mirko zu ihnen trat. »Wahnsinn!«, sagte er. »In unserer Stadt ist echt was los!«

Eule nickte. »Und das Tollste ist, dass wir zur Feier des Tages schulfrei haben!«

»Wie geht es denn deinem Vater?«, fragte Luzie und knotete ihren Schal fester.

»Ach, wieder besser!«, murmelte Mirko. »Sein Arbeitsplatz ist fürs Erste wieder gesichert und wir werden auf jeden Fall hierbleiben!« Er zog eine Postkarte aus der Manteltasche. »Trotzdem wollte ich euch mal zeigen, wie es in Kroatien so aussieht. Aus dieser Stadt stammt mein Papa.«

Eule und Luzie blickten das schöne Foto sprachlos an. Man konnte das Meer sehen und herrliche Häuser, direkt am Strand gebaut.

»Wenn es da *so* aussieht, könnt ihr meinetwegen doch zurückgehen«, sagte Eule bibbernd. »Du kannst dir sicher sein, wir würden euch mindestens vierzigmal im Jahr besuchen kommen!«

Mirko steckte die Postkarte in seine Manteltasche zurück. »Da ist noch was. Ich wollte es euch eigentlich nicht erzählen, weil es mir so peinlich war. Aber gestern Nacht kamen zwei Polizisten in unsere Wohnung und haben alles durchsucht«, sprudelte es aus ihm heraus. »Sogar den alten Holzschrank haben sie aufgebrochen!« Er schluckte. »Fast so, als ob sie meinen Vater verdächtigen würden!« Er zog die Schultern hoch. »Aber natürlich haben sie nichts gefunden und sind wieder abgedampft.«

»Und wie hat dein Vater darauf reagiert?«, wollte Eule wissen.

»Er hat einen Lachkrampf bekommen, als die Polizisten wieder weg waren. Er hat geweint und gelacht zugleich! Wahrscheinlich ist ihm das einfach alles zu viel geworden.«

Mirko beendete seinen Bericht, als Jakob ihm von hinten auf die Schulter schlug.

»Da bist du ja endlich!«, schimpfte Luzie. »Jetzt hast du die Ansprache verpasst!« Sie deutete zum Kamerawagen, wo die Nachrichtensprecherin stand und an einer Mineralwasserflasche nuckelte.

»Ich hatte noch was vor!«, entschuldigte sich Jakob. »Ich musste unserer Freundin Mira einen dringenden Besuch abstatten.«

»Mira!«, Eule spuckte den Namen regelrecht aus. »Inzwischen habe ich drei Interviews mit ihr im Fernsehen gesehen. Ach Luzie, können wir nicht vielleicht einen kleinen Brand in der Sendestation ...«

Luzie sah ihre Freundin streng an. »Denk

nicht einmal daran. Wir können nicht bei jeder Ungerechtigkeit eingreifen!«

»Nicht bei jeder!«, sagte Jakob spitzbübisch. »Aber bei manchen schon!« Er knüpfte die Tasche seines dicken Anoraks auf und griff hinein. »Silbermünzen. Die dürften euch doch bekannt vorkommen!«

Luzie riss die Augen auf. »Aber natürlich. Das sind die Münzen, die eigentlich für uns gedacht waren.«

»Exakt«, Jakob machte seine Tasche wieder zu. »Luzie, es ist deine Aufgabe, sie in die Aktentasche deines Vaters zu schmuggeln. Wenn er sie entdeckt, wird er sie bestimmt an uns weiterleiten, wie es geplant war!«

»Und Mira hat die Dinger einfach rausgerückt?«, fragte Mirko sprachlos.

»Natürlich nicht!«, lachte Jakob. »Ich musste etwas nachhelfen. Es ist ja so was von praktisch, wenn man sich unsichtbar machen und in fremden Wohnungen herumspazieren kann! Mira hatte eben Besuch von Gustav. Und sie waren gerade dabei, sich zu ...«

Luzie wurde rot. »Sich zu küssen?«

»Nein«, Jakob zog eine verzückte Grimasse. »Romantischer! Sie haben sich gerade gegenseitig frisiert!«

Eule und Mirko prusteten los.

»Und so konnte ich in aller Seelenruhe das Zimmer nach den Münzen durchsuchen. Ich habe sie unter einem Stapel Liebesromane gefunden. Die Schatulle habe ich natürlich dagelassen und nur die Münzen eingesteckt.«

»Mira wird Augen machen, wenn sie die Schatulle aufklappt und sieht, dass sie leer ist!«, stellte Luzie voller Schadenfreude fest.

»Nicht leer!«, sagte Jakob und schüttelte den Kopf. »Ich habe an die Stelle der Münzen gelbe Smarties gelegt. Von Eule wissen wir doch, dass das die beste Sparanlage überhaupt ist!«

Die vier Freunde sahen sich an und lachten.

Weit über ihnen fing es wieder an zu schneien. Die Flocken tanzten durch die Luft wie Zuckerstaub, und die Kinder beschlossen, den freien Tag mit Schlittenfahren zu verbringen.

ISBN 978-3-7607-5352-2

Die Zwillinge Lea und Leo haben wirklich einen ungewöhnlichen Großvater! Er ist nämlich Elfologe und weiß alles über Elfen, Feen und Trolle. In Opas Bibliothek entdecken die Geschwister eine alte Karte, die ihnen den Weg zum Elfenvolk weist. Doch Lea und Leo sind nicht die Einzigen, die sich für das magische Volk interessieren …

Begleite Lea und Leo auf zwei spannende
Abenteuer ins Reich der Elfen, Feen und Trolle!

ISBN 978-3-7607-1621-3

Bei echten Helden kommt es nicht auf die Größe an!

Hamster Neo hat Karate im Blut und Mut in den Pfoten. Und so macht er sich nicht nur auf die Suche nach einem raffinierten Brieftaschendieb, sondern wird außerdem in einen fellsträubenden Entführungsfall verwickelt.

Unterstützt von seinen Käfig-Mitbewohnern Lee und Chan beweist Karatehamster Neo, dass richtige Abenteurer vor keiner Gefahr zurückschrecken, wenn sie das Hamsterherz am rechten Fleck haben!

ISBN 978-3-7607-2844-5

ISBN 978-3-7607-3440-8

ISBN 978-3-7607-3276-3

ISBN 978-3-7607-4418-6

ISBN 978-3-7607-4493-3

Auch zu bestellen unter:
www.arsedition.de